Les Éditions du Boréal
4447, rue Saint-Denis
Montréal (Québec) H2J 2L2
www.editionsboreal.qc.ca

Rénovation

Retraite, nouvelles, Boréal, 2014.

Renaud Jean

Rénovation

roman

Boréal

© Les Éditions du Boréal 2016
Dépôt légal : 3ᵉ trimestre 2016
Bibliothèque et Archives nationales du Québec

Diffusion au Canada : Dimedia
Diffusion et distribution en Europe : Volumen

*Catalogage avant publication de Bibliothèque et Archives nationales du Québec
et de Bibliothèque et Archives Canada*

Jean, Renaud, 1982-

    Rénovation

    ISBN 978-2-7646-2444-9

    I. Titre.

PS8569.E236R46   2016   C843'.6   C2016-940844-2
PS9569.E236R46   2016

ISBN PAPIER 978-2-7646-2444-9
ISBN PDF 978-2-7646-3444-8
ISBN ePUB 978-2-7646-4444-7

1

J'emménage dans mon nouvel appartement au début de l'hiver. C'est un vaste appartement sans fenêtres, à l'intérieur capitonné. Je repose là sur un canapé, dans le silence et l'obscurité, attentif aux battements de mon cœur, m'abandonnant au passage du temps.

*   *   *

Un jour, on sonne à ma porte.

Les jours suivants, je songe à cet improbable visiteur auquel je n'ai pas répondu. Mon imagination peine à lui prêter quelque intention à mon égard. Bouleversé par la sonnerie qui continue de résonner en moi, je cherche en vain à oublier cet incident.

Elle retentit de nouveau une semaine plus tard. Je sens une sueur froide me gagner. Mais que me veut-on ?

Aussitôt que j'ouvre la porte, deux hommes entrent dans mon appartement. Le premier tient une échelle sous le bras et un coffre à outils à la main, tandis que le second transporte une masse et une scie. Ce sont des types au physique opposé, l'un solidement bâti et l'autre affreusement frêle – un Scandinave et un Japonais, me semble-t-il. Ils entrent sans que je les y aie invités et me contournent sans me regarder.

Je les suis dans la cuisine. Ils déposent leurs outils sur la table. Qui êtes-vous ? dis-je. Mais ils ne me répondent pas et commencent à faire le tour de l'appartement en silence. Ils examinent le capitonnage, éprouvent la solidité des poutres et des solives, considèrent la hauteur des murs et l'angle du plancher. Leur inspection terminée, ils sortent de l'appartement et reviennent avec d'autres outils, deux lits de camp et des sacs de voyage.

De retour dans la cuisine, le grand blond déplie son lit. Que faites-vous ? dis-je avec effroi. Nous nous installons, répond-il. Nous avons beaucoup de travail, ajoute le petit Asiatique en faisant de même avec le sien. Du travail ? Mais de quoi parlez-vous ? dis-je en me tournant vers lui. Nous allons rénover votre appartement, dit-il.

Je somme les deux hommes de quitter les lieux. Allongés sur leur lit, ils ne réagissent pas. Se sont-ils assoupis ? Je les interpelle en haussant le ton, mais ils n'ouvrent même pas les yeux. Je me tiens debout au milieu de la cuisine, en caleçon, entre un Scandinave et un Japonais qui viennent d'élire domicile chez moi, dans mon appartement, mon appartement qu'ils prétendent rénover : la chose me paraît d'autant plus invraisemblable que je n'ai été informé de rien. À ma connaissance, aucuns travaux ne sont prévus dans l'immeuble.

Je téléphone sans succès chez le propriétaire. L'idée d'appeler la police me traverse, mais je la rejette aussitôt. Ne suis-je pas un homme ?

Ne sommes-nous pas adultes et capables de démêler entre nous, les deux étrangers et moi, le malentendu de leur présence dans mon appartement ?

Sensible à leur sommeil, je reporte notre explication au lendemain matin. Après tout, une nuit, ce n'est rien, et je vais me coucher en me félicitant d'accepter la situation avec philosophie. J'ai toutefois du mal à fermer l'œil, de plus en plus énervé par la respiration des deux hommes qui me parvient de la cuisine. Je ne m'endors que fort tard et fiévreux.

Réveillé par le grondement d'une scie circulaire, je me lève en vitesse, enfile une robe de chambre et cours à la cuisine. J'y surprends les deux hommes en train de découper et d'arracher le capitonnage, dans un nuage de poussière et un vacarme assourdissant. Le travail est déjà bien avancé, je ne reconnais plus la pièce. Je m'étonne que l'écho de cet enfer ne m'ait pas tiré du sommeil beaucoup plus tôt.

Effrayé et voyant qu'on ne me remarque pas, je me rapproche et hurle en faisant de grands gestes. Les deux hommes se retournent. Que voulez-vous ? me demande le Scandinave d'un air contrarié. Eh bien, je, vous, que faites-vous là ? réussis-je à articuler. Laissez-nous travailler, me répond sèchement le Japonais. Cherchant à me montrer plus menaçant, je leur intime de me dire qui leur a permis d'entreprendre de tels travaux. Les deux hommes se regardent avec étonnement. Le Japonais fouille dans le coffre à outils, en tire une feuille froissée et me la tend. Voici l'autorisation de la Ville, dit-il. Il s'agit bien de votre signature, ici, au bas de la page, à côté de celle du propriétaire de l'immeuble ? Je prends le papier et l'examine. Le retourne. C'est une feuille vierge, immaculée : il n'y a absolument rien dessus.

Bien que cela me paraisse insensé, j'explique aux deux hommes qu'il n'y a rien sur cette feuille, qu'elle est vierge, que je n'ai rien signé, surtout pas cette feuille, cette feuille que personne n'a évidemment signée puisqu'elle est vierge… Les yeux ronds, ils me dévisagent comme si j'avais lâché une énormité. Qu'y a-t-il ? dis-je. Mais ni l'un ni l'autre ne me répond.

Je tente de nouveau de joindre le propriétaire de l'immeuble – sans plus de succès que la veille. Dans la cuisine, les deux hommes ont repris leur œuvre de destruction : j'entends la scie circulaire qui s'enfonce joyeusement dans le mur. Jugeant que cela a assez duré et surmontant ma réticence initiale, je décide d'appeler la police.

L'agent qui se présente à la porte de mon appartement me fait un effet désagréable. Je l'invite à me suivre dans la pièce du fond, un bureau que je n'utilise jamais, puis je lui raconte toute mon histoire, jusqu'à l'épisode de la feuille blanche. Il m'écoute en silence, les mains dans les poches, le regard errant au hasard dans la pièce. Que signifie tout ce capitonnage ? me demande-t-il soudain, lorsque j'ai fini. Je le dévisage. En quoi cela vous regarde-t-il ? dis-je. Il y a que cela est suspect, répond-il, tout ce capitonnage est suspect. Il se met à marcher dans la pièce en lissant sa moustache, examinant le capitonnage et répétant à voix basse que tout cela est suspect. Puis il s'immobilise et me demande de lui montrer la fameuse feuille blanche. Je vais la chercher dans la cuisine, reviens dans le bureau et la lui tends. Voilà, dis-je. Il prend la feuille et l'examine. Vous me faites perdre mon temps, dit-il après quelques secondes. Il s'agit bien de votre signature, ici, au bas de la page, à côté de celle du propriétaire de l'immeuble ? Il me montre la feuille : elle est toujours aussi blanche. Je ne vois aucune signature, dis-je fermement, cette feuille est vierge ! L'agent de police me fixe un moment, l'air sévère. Il s'engage ensuite dans le couloir. Arrivé devant la porte, il se retourne et me rend la feuille. Conservez ce papier, dit-il avant de sortir.

Je réussis enfin à parler au propriétaire. On dirait que je le réveille. Notre communication, étouffée par le sifflement d'une perceuse venu s'ajouter au grondement de la scie circulaire, s'amorce dans la confusion. Les dégâts sont considérables ! dis-je avec affolement. Le propriétaire bâille. Je vous entends mal, dit-il, baissez le volume de votre télé. Les dégâts sont considérables, hurlé-je, considérables ! Soudain, les outils se taisent. Allô ? dis-je. Mais je ne reçois aucune réponse. Au même moment, la porte de la chambre s'ouvre et le Scandinave surgit sur le seuil avec la scie. Oh ! dit-il, vous vouliez téléphoner ? Je viens justement vous informer que nous avons coupé la ligne.

Allongé sur mon lit, je me laisse aller au découragement. Le bruit des outils a repris, plus assourdissant que jamais, accompagné de l'écho de coups donnés tout près de la chambre. Je ferme les yeux, mais cela ne fait que renforcer l'impression qu'on me martèle le crâne. Il y a soudain un choc plus violent que les autres. Je me redresse à demi : une masse traverse alors le mur situé devant moi, projetant dans la chambre un nuage de poussière.

Les deux hommes abattent le mur qui sépare la chambre de la cuisine. En retrait, résigné, ne voyant plus comment les arrêter, je les regarde faire. Ils veulent rénover mon

appartement ? Qu'ils le rénovent donc !
me dis-je.

Cela se poursuit ainsi pendant plusieurs jours.
Je me suis installé dans la cuisine, sous la table.
Je coule là des heures indolentes, allongé sur
un matelas de fortune, attentif à l'avancée des
travaux. Les deux hommes ont terminé d'en-
lever le capitonnage, si bien que la rumeur de
la ville monte désormais jusqu'à moi.

Peu à peu, j'apprends à connaître les deux
hommes. Ils m'ont invité, un soir, à partager
leur repas, après quoi c'est devenu une habitude. Je les écoute converser, déconcerté
par leur érudition. Ils s'intéressent à tout, de
l'histoire à l'astronomie en passant par les
mathématiques. C'est à la botanique cependant qu'ils reviennent toujours, débattant
l'urgence d'une réorganisation des espèces
végétales (réorganisation à laquelle je ne
comprends rien).

Je finis par me sentir intimidé par les deux
hommes. J'entre dès lors dans une période
d'insomnie chronique. La nuit, dans l'espoir

d'un apaisement, je cherche à faire coïncider ma respiration tantôt avec celle de Folke, tantôt avec celle de Takashi. Je pivote sur le côté, je me mets sur le ventre, je me recouche sur le dos, ouvrant et refermant sans cesse les yeux. Je m'efforce à l'oubli, à l'abandon, mais rien n'y fait : je reste à la surface impénétrable du sommeil.

Le jour, en proie à des nausées intermittentes, je ne m'éloigne guère de dessous la table. Folke et Takashi en sont rendus à abattre le mur qui sépare le salon de la chambre. Afin de me protéger de la poussière et, plus généralement, de la vue dévastée de mon appartement, je me suis fait un rideau de fortune avec un vieux drap que j'ai suspendu à des clous sur le bord de la table. Ces clous, je les ai enfoncés avec détachement, soucieux seulement de me préserver un espace à l'abri du monde extérieur, dont la menace croît de jour en jour.

Toutes les pièces sont décloisonnées une à une. Folke et Takashi, en outre, vident mon appartement de ses meubles. Trop épuisé pour m'opposer à cette liquidation, je me contente de sauvegarder la table sous laquelle je me suis réfugié. Les deux hommes consentent à ce qu'elle demeure dans l'appartement quelques jours, mais ils me font bien entendre que cette dérogation au règlement représente pour eux un risque non négligeable (ma chance, en somme, est exceptionnelle).

Les heures, les jours passent. Je reste allongé sous la table. Ma volonté et mon énergie se sont évanouies, je n'ai plus le désir ni la force de me lever. Enroulé dans une couverture, j'essaie de combattre le froid qui, avec le soleil aveuglant, s'engouffre dans l'appartement depuis que Folke et Takashi ont percé l'un des murs qui donnent sur l'extérieur.

Enfin, comme convenu, Folke et Takashi me retirent la table, et je me retrouve sans refuge au milieu de ce qui était la cuisine. Le reste de l'appartement est vide, exception faite des outils et des lits de camp. Je me lève avec difficulté, chancelant, et m'appuie contre un mur. Folke s'approche, suivi de Takashi. Que vous arrive-t-il ? Vous avez l'air pâle, dit-il. Ça va, Folke, ça va, dis-je, j'ai seulement un peu mal à la tête, retournez travailler. Puis, dans l'effort pour me remettre d'aplomb, je me sens défaillir et je perds connaissance.

Je me réveille, le soleil dans les yeux, allongé sur un lit de camp. Assis à mon côté, Takashi me tend une bouteille d'eau. Vous avez dormi longtemps, me dit-il. Je me redresse légèrement pour boire une gorgée. En effet, j'ai dû dormir assez longtemps : ma fièvre et mes nausées ont disparu, je sens en moi une énergie nouvelle et profonde. Je jette un coup d'œil à l'appartement. Les murs qui donnent sur l'extérieur ont été abattus et remplacés par une longue baie vitrée. Le plafond, de même, a été changé pour une surface de verre. Il y a des arbustes, des plantes et des fleurs partout dans l'appartement. Je me lève et marche un moment, mon regard embrassant la ville immense, chatoyante, irréelle dans sa lumière de kaléidoscope. Je trouve Folke agenouillé derrière une rangée de bonsaïs, un arrosoir à la main. Ah ! vous vous êtes enfin réveillé, dit-il en se levant. Il porte un tablier jaune tout taché de terre. Quelle belle journée ! ajoute-t-il en souriant. Le printemps est arrivé ! N'est-ce pas merveilleux ?

2

Un an a passé. Expulsé de mon appartement, je traîne dans les parcs et les bibliothèques publiques. Secrètement – mais tout relève du secret dans ma vie –, je caresse un rêve de cabane dans les bois, loin de la grande ville, qui ne me convient pas.

Je situe ma cabane au sommet d'un arbre. Les branches enchevêtrées, touffues, aux formes compliquées, l'entourent si bien que rien n'y paraît. Cela ressemble à un nid de serpents. À l'intérieur, j'accroche un hamac, je perce une fenêtre. Penché au-dessus du vide, je respire l'odeur de la forêt. Des bruits sauvages, indéfinissables, montent jusqu'à moi.

Depuis qu'on m'a chassé de mon repaire, ma vie me semble plus fragile et menacée, sans cesse perturbée par des gens et des événements imprévisibles. Les aléas de chaque jour me rendent nerveux. Si on m'adresse la parole, je suis embarrassé et confus, ne répondant qu'avec difficulté à mon interlocuteur. Par instinct de conservation, j'évite les foules et me déplace peu. Le regard baissé, fuyant, je longe les rues en me persuadant que cette errance impossible s'achèvera bientôt : dès que j'en aurai trouvé le chemin, je disparaîtrai dans la forêt.

Réfugié au fond d'une bibliothèque – sauf qu'elle est trop souvent comme sans fond, tout de verre conçue, et qu'il faut des efforts d'imagination pour s'y dissimuler, s'y faire oublier, tant elle ne favorise pas le recueillement mais le flux incessant des visiteurs –, je m'assoupis en pensant à ma cabane. Dans cet état de flottement indécis entre la veille et le sommeil, je deviens moi-même la matière apaisée de bois, de lianes et de mousse qui la constitue. Entouré de livres, j'échappe pendant quelques heures au tumulte de la ville.

La bibliothèque n'est toutefois pas un vrai refuge. À la fermeture, un employé vient me secouer et m'ordonne de quitter l'établissement. Chaque fois, il me lance le même avertissement : on finira par m'en refuser l'accès si je m'obstine à dormir dans la bibliothèque. Parce que cela me paraît important, je voudrais lui expliquer qu'il se trompe en croyant me tirer du sommeil – je quitte un état beaucoup plus léger et nuancé que le sommeil –, mais le courage m'en manque toujours. J'obtempère à son ordre sans dire un mot, pour ne pas m'attirer des ennuis.

Un soir, en ouvrant les yeux, je découvre que l'employé a été remplacé par un agent de police. C'est un petit homme d'apparence bourrue qui porte la moustache. Suivez-moi, dit-il en me saisissant par le bras. Soucieux d'éviter toute espèce d'affrontement, je me laisse entraîner entre les rangées de livres.

Nous sortons de la bibliothèque. L'agent me demande de monter dans un autobus scolaire stationné là. Pour quoi faire ? Où allons-nous ? demandé-je, craintif. Montez, dit-il, et pas d'histoires. J'hésite. L'affaire devient sérieuse. Pourquoi ne me laisse-t-on pas tranquille ? Je résiste un instant mais finis par m'exécuter sous la poussée de l'agent.

À l'intérieur, une dizaine de personnages falots sont dispersés, tête basse, et ne disent pas un mot. Je reconnais des visages que j'ai croisés dans la ville, des visages de fantômes solitaires, sans épaisseur, presque invisibles, qui longent les rues et se dissimulent dans les bibliothèques.

L'autobus se met en branle. Assis à côté de l'agent, j'insiste pour qu'il me dise enfin ce que nous faisons tous dans cet autobus – mais il reste muet. Je me replie donc sur mon siège et, quoique inquiet, je me résigne à regarder dans la nuit le paysage illuminé de la ville qui défile sous mes yeux.

Nous nous arrêtons plusieurs fois pour faire monter d'autres hommes. L'autobus est bientôt plein. Personne ne pose aucune question. Sait-on ce qui se passe ? La nuit devient plus dense : il semble que nous nous éloignions de la ville.

Tandis que nous roulons, j'échafaude de nouveaux plans pour ma cabane. Un mirador situé au-dessus de mon habitation me permet de voir les étrangers venir de loin, et une échelle de corde, que je remonte après moi, de couper l'accès à mon repaire. Au pied de mon arbre, je creuse un fossé bourbeux de plusieurs mètres de largeur. Pour traverser cette tranchée, je passe par un pont-levis que je fais mouvoir grâce à un système complexe de poulies et de câbles dont moi seul connais le secret. En cas d'urgence, je peux m'échapper par une passerelle tendue entre ma cabane et un second arbre. Cette passerelle cachée ne doit être accessible, selon mon idée, que dans un sens : celui de la fuite.

Tout cela, hélas, demeure trop abstrait, et je suis conscient des défauts de ma construction. Un individu ingénieux saurait la prendre d'assaut sans véritable difficulté. Pour qu'elle soit imprenable, ma cabane exige de moi un effort plus rigoureux dans la conception de ses défenses.

La tête appuyée sur la vitre de l'autobus, je m'endors en imaginant un gigantesque dispositif de pièges autour de ma cabane.

Quand je me réveille, il fait jour et je suis couché dans un lit. Je me redresse. Je me trouve dans une toute petite chambre meublée sommairement. Comme pour m'extirper d'un rêve, je me frotte vigoureusement le visage – mais la réalité de ce qui m'entoure s'impose avec plus d'évidence encore. Lentement, je me lève et m'approche de la fenêtre. Elle donne sur un terrain de sport clôturé au-delà duquel une forêt bloque la vue.

Je sors de la chambre et m'aventure dans un corridor étroit et sombre. Je croise une série de portes identiques à celle que je viens de franchir. J'avance en retenant mon souffle, l'oreille tendue, à l'affût du moindre bruit – mais il n'y en a pas.

Je débouche enfin sur un carrefour où il me faut choisir entre trois voies différentes. Comme j'ignore laquelle suivre, je prends simplement la première dans l'espoir qu'elle mènera dehors et que je pourrai quitter ce lieu où on m'a laissé. La forêt que j'ai entrevue depuis ma fenêtre m'attire comme la promesse d'une vie renouvelée, et je veux m'y enfoncer au plus vite.

Au bout d'une demi-heure environ, j'aboutis à un carrefour identique au premier. Cette fois-ci, j'emprunte la deuxième voie, qui est constituée, elle aussi, d'une série ininterrompue de portes closes. Bientôt, le corridor monte en pente douce, puis redescend et monte de nouveau. Je dois ensuite tourner à plusieurs reprises, ici à gauche, là à droite. Cela me fatigue : je n'ai pas l'habitude de marcher autant sans savoir où je vais. Éclairé faiblement par des néons grésillants, j'avance à la recherche d'une issue.

Je marche depuis des heures lorsque j'arrive à un autre carrefour (à moins que ce ne soit le même que j'ai traversé les deux fois précé-

dentes, mais je ne peux pas le déterminer).
Sans hésiter, j'emprunte la troisième voie.
Impatient de sortir de ce labyrinthe, j'accélère le pas, puis me mets franchement à courir. Le corridor continue de monter, de descendre et de tourner dans la lumière blafarde. Ma respiration devient chaque minute plus oppressée. Cette course m'exténue. Mes jambes, brûlantes et raides, me lâchent peu à peu. Le souffle court, je finis par m'arrêter. Je m'assieds. Mais où suis-je donc ? La tête dans les mains, je regrette d'avoir quitté la petite chambre meublée sommairement avec vue sur la forêt. Désormais, il n'est plus possible de la retrouver.

Il n'est plus possible de la retrouver d'autant qu'il n'y a plus de portes, constaté-je avec effroi en relevant la tête. D'un côté du corridor comme de l'autre, les murs se prolongent sans le moindre renfoncement.

Je reviens sur mes pas. Maintenant qu'il n'y en a plus, je suis résolu à pousser l'une des innombrables portes qui se sont succédé sur mon passage. Mais à quel moment exactement ont-elles disparu ? Je ne me souviens de rien. Et voilà que je me remets à courir, pris de panique, car le temps passe, et je n'en ai revu aucune. Bientôt, comme je le redoutais, j'arrive au fameux carrefour. Alors, pour conjurer le sort, je poursuis mon chemin dans une voie choisie au hasard – voie où, du reste, il n'y a toujours aucune porte. Je commence à désespérer et à me reprocher l'attitude absurde qui m'a retenu de pousser une simple porte parce que j'ignorais ce qu'il y avait derrière. Cependant, mû par un reste de force insoupçonné, je continue d'avancer. De nombreuses heures s'écoulent. Il y a encore d'autres carrefours, d'autres voies et toujours des murs parfaitement lisses.

Je n'en peux plus. Mes yeux se gonflent de larmes. Qu'est-ce que tout cela veut dire ? Où sont les portes ? Pourquoi ne réussis-je pas à trouver mon chemin ? Sur le point de m'effondrer, j'avise alors, au loin, sur le sol, une raie de lumière qui émerge du mur. Je m'éponge les yeux : cela ressemble à du soleil. Je m'approche. Il y a une porte, une seule. Elle est entrouverte.

Je la pousse et tombe à genoux dans la lumière aveuglante. Je ne suis pas dehors pourtant. Je sens qu'on me soulève et qu'on me traîne jusqu'à une chaise longue en plastique. Au contact de ces mains qui m'empoignent, j'éprouve un soulagement inexprimable. Une grande chaleur émue envahit ma poitrine. On me fait boire. Des formes, des silhouettes se profilent progressivement devant mes yeux. Le brouillard se dissipe. Folke et Takashi, les deux ouvriers qui, un an plus tôt, ont rénové mon appartement, se tiennent au-dessus de moi, près d'une baie vitrée qui donne sur un jardin. Je les reconnais aussitôt : les mains dans les poches, ils me regardent en souriant.

Comment allez-vous ? dit Takashi. J'essaie en vain de remuer les lèvres. Je suis rompu, absolument inapte à la conversation. Nous vous attendions, ajoute Folke sans me laisser le temps de répondre. Vous êtes donc prêt à commencer ?

Commencer quoi ? réussis-je à articuler, la voix éteinte. Vous savez bien ! dit Takashi, que ma question paraît irriter au plus haut point. Vous avez signifié votre intention de participer activement et de bonne foi à notre programme ! Et il tire d'une poche de son pantalon une feuille froissée qu'il me tend en la dépliant. Vous reconnaissez bien votre signature, ici, tout en bas ? me demande-t-il. J'examine la feuille : elle est vierge, il n'y a rien dessus. J'hésite une seconde. Oui, bien sûr, dis-je faiblement sans relever la tête et en lui rendant la feuille, il s'agit bien de ma signature.

La pièce où nous nous trouvons est vaste, mais, à part la chaise en plastique sur laquelle on m'a fait m'allonger, elle est parfaitement vide. Rien ne laisse deviner sa fonction. Inondés du soleil couchant qui filtre à travers les arbres et entre par la baie vitrée, les murs immaculés palpitent autour de nous comme les parois d'un cœur.

Voyant sans doute que mon état ne s'améliore pas, Folke et Takashi m'invitent à aller prendre l'air. Nous nous reverrons plus tard, dit Folke. Ils m'offrent leurs bras et me guident jusqu'à une porte coulissante. Je me sens comme un vieillard, un homme vraiment usé qu'on aurait de surcroît revêtu d'un scaphandre ou d'une combinaison spatiale. Mes mouvements sont lourds. J'ai l'impression que mes jambes vont rompre sous mon poids. Je réussis néanmoins à faire un pas dehors sans l'aide des deux hommes, restés à l'intérieur.

L'air du jardin me revigore quelque peu. Je longe une allée de gravier qui s'éloigne en serpentant du bâtiment que je viens de quitter. Je suis seul. Au bout d'un moment, je me retourne pour considérer l'endroit. Il s'agit d'une tour de verre immense, colossale.

Je poursuis lentement mon chemin jusqu'à la limite du jardin, au-delà de laquelle la forêt commence. En étirant le bras à travers la clôture, je peux toucher le feuillage d'un arbuste et presque le tronc d'un grand chêne. La forêt est dense et profonde. Il me suffirait d'un saut pour m'y engouffrer. Cependant, je ramène mon bras et tourne la tête à la recherche de Folke et Takashi. Je les repère sans peine derrière la baie vitrée. Ils n'ont pas bougé. Ils m'attendent. Ils me saluent de la main. Ils tiennent la porte entrouverte.

3

Dissimulée sous l'épaisse frondaison, la route qui mène au Centre ne se laisse pas deviner. J'ignore toujours par quel chemin on m'a conduit ici. Il me semble que le lieu où je me trouve, cette grande tour de verre coupée du monde, a surgi de terre comme par enchantement. La réalité de ce qu'il y a au-delà de l'horizon, au-delà des arbres innombrables, perd peu à peu de son évidence. La grande ville pâlit dans mon souvenir, jusqu'à n'être plus qu'une très abstraite notion.

Le dortoir occupe toute la surface de l'étage supérieur et, comme le reste du Centre – hormis le secteur interdit du sous-sol –, est enclos par une paroi de verre circulaire qui donne sur la forêt. Je regrette que le lit qu'on m'a assigné soit situé au milieu de la salle (ma place est un carrefour où se croisent, matin et soir, tous les résidents) et non dans sa périphérie, où l'agitation est moins grande. Privé de murs, empêché de me constituer le moindre refuge, je me contente désormais de fermer les yeux.

Je m'adapte mal à la vie en communauté. La compagnie forcée des autres hommes me défait. Invité à parler, poussé à agir, obligé à des interactions infinies (depuis mon arrivée, on m'a astreint à une série d'activités de socialisation), je lutte contre un sentiment d'éparpillement qui ne me quitte plus. Mes efforts pour me rassembler, dans la solitude retrouvée de la nuit, échouent lamentablement, l'appel du sommeil étouffant mes velléités. Honteux de ne pas savoir résister davantage au maelström de la petite société du Centre, je me traite de faible, de misérable, et souhaite disparaître.

Cependant, je m'en veux aussi de me sentir comme autrefois, habité du même vieux désir d'obscurité. Pourquoi la forêt a-t-elle recommencé à exercer son attrait sur moi?

Les résultats du programme se font attendre : je reste le même. Ma bonne volonté ne suffit pas à me changer. Comme un torrent sauvage, une force souterraine me domine qui m'incline toujours à fuir vers un lieu préservé du hasard. Ma tendance au repliement ne sera renversée, m'a-t-on expliqué, que lorsque je parviendrai à détourner ce torrent au profit de la collectivité (il faut me lancer, en somme, dans des travaux d'hydraulique intérieurs).

De manière générale, je comprends mal les explications des employés du Centre, dont le langage sibyllin demande un travail de déchiffrement au-delà de mes forces. Je devine seulement que le programme auquel j'ai souscrit, pour qu'il réussisse, exige que je m'y investisse corps et âme. Aussi suis-je pris de remords à l'idée de mon insociabilité, de mon envie d'abandon, de ma lâcheté. Ressaisis-toi, me dis-je. Possédé par des mouvements contraires, je souffre de mon incohérence et regrette de n'être pas d'un caractère plus résolu.

Les événements s'accélèrent quand Folke et Takashi réapparaissent un matin, au-dessus de mon lit, pour m'annoncer que la période de mon intégration au Centre s'achève et que le programme entre dans sa phase décisive. À partir de ce jour, ils ne me quittent plus. Les sachant irritables, j'évite de les questionner et me borne à suivre leurs directives – ce qui du reste me convient. Peu à peu, je trouve même dans cet abandon une forme d'apaisement. On s'occupe de moi. On me veut du bien. Pourquoi me cabrerais-je ?

Pendant des semaines, Folke et Takashi me soumettent à une multitude de questionnaires et de tests. Ils m'ont expliqué que ceux-ci leur permettront de cerner ma personnalité et d'en découvrir, peut-être, des facettes cachées. Je me prête à l'exercice sans y croire vraiment, doutant fort qu'il y ait des zones d'ombre à éclairer au fond de moi-même. Ce travail d'introspection se révèle d'ailleurs difficile : j'ai l'impression de fouiller un sol aride, infertile. Souvent, je relève la tête et, regardant au loin en mâchonnant mon crayon, je rêvasse d'une matière plus riche.

Quels sont mes champs d'intérêt ? mes apti-
tudes ? mes ambitions ? Ces questions, formulées sous toutes les formes imaginables,
me causent du souci. J'élabore des réponses
qui, bien malgré moi, dessinent une sil-
houette fantomatique de ma personne : je ne
m'intéresse à rien en particulier et à tout en
général de manière superficielle... je sais
écrire et calculer... j'aspire au calme... Pourtant, je ne pourrais pas être plus exact. Folke
et Takashi réclament de la franchise, de la
spontanéité. Je les satisfais.

Le visage impassible, ils examinent mes
réponses. M'étant laissé prendre au jeu, je
suis impatient de connaître le résultat de leur
analyse. Cependant, ils ne m'informent de
rien, je reste dans le noir, et le programme se
poursuit normalement. Je comprends qu'il
ne me faut espérer aucun éclaircissement
avant sa conclusion. Penché sur mon pupitre,
je reprends mon travail.

Ma mémoire craquelle comme un œuf, stimulée par le nombre infini de sujets auxquels touchent les tests. Des connaissances lointaines me reviennent peu à peu, enfouies sous des couches de temps, d'oubli, et qui cherchent de l'air. Je sais des choses. Je les ai apprises. Je m'en souviens. Pourtant, elles demeurent à distance, froides, impersonnelles, détachées de toute expérience, comme si elles ne me concernaient pas. Mais le monde me concerne-t-il ? J'en viens à me poser des questions indues, à généraliser abusivement. Ma réflexion déborde le cadre du programme pour se perdre dans des considérations hasardeuses.

Aussi est-ce un soulagement de quitter la salle des tests écrits pour le gymnase et le terrain de sport, où on entame l'évaluation de ma condition physique. Mon esprit peut enfin s'apaiser. Pendant quelques semaines, seul ou en groupe, je participe à des dizaines d'épreuves : je cours, saute, soulève des poids, grimpe à des cordes suspendues, etc. Des mesures de toutes sortes sont prises sur mon corps. Je sue. Mon cœur bat, bat comme jamais, bat comme une usine. Le sang circule dans mes veines avec un bouillonnement formidable. Tirés de leur engourdissement, mes muscles douloureux me semblent appartenir à un autre.

Je prends goût à ces sensations. Hélas, elles ne durent pas. Bientôt, la troisième étape du programme débute, qui consiste en une série de rencontres avec Folke et Takashi. Je m'inquiète. Passer un test écrit, courir dans un gymnase, de telles épreuves se tolèrent. Parler, c'est autre chose. Nous sommes assis dans des fauteuils, à égale distance les uns des autres. Les deux hommes m'invitent à dire ce qui me passe par la tête. Il n'y passe rien. J'invente. Ils le devinent et me reprochent mon manque de sérieux. Je baisse les yeux, honteux de les avoir déçus. Je dois surmonter ma réticence. Est-ce si difficile ? Ces deux hommes, après tout, ne sont-ils pas mes amis ? Je m'efforce d'exprimer le peu de suc qu'il y a au fond de moi. Folke et Takashi me relancent, suggérant des avenues, des voies de passage à l'espèce de méditation qui s'amorce. Cela m'encourage : je m'épanche davantage.

L'étage où nous nous trouvons est divisé en plusieurs dizaines de cellules identiques situées le long de la paroi de verre, et je suppose que doivent y avoir lieu autant de rencontres comme la nôtre. J'imagine les autres résidents qui parlent avec leurs tuteurs et je me sens moins seul. Pour la première fois, j'éprouve ce qui s'apparente à un sentiment d'appartenance au groupe que nous constituons. Je m'aventure à le dire à Folke et Takashi, qui s'en réjouissent. Selon eux, je fais des progrès, des progrès notables.

Le Centre encourage les rapprochements. Aussi une fête est-elle organisée le samedi soir pour dynamiser les rapports entre les résidents. Réunis dans la cafétéria sous une lumière stroboscopique, nous combattons l'isolement et l'exclusion en mangeant des bretzels. Je me suis d'abord tenu à distance, puis j'ai quitté l'ombre des colonnes pour me mêler aux autres. Un verre de limonade à la main, j'écoute les histoires drôles qu'on raconte. Cette fête n'est-elle pas amusante ? Il y a de la musique : j'envisage un instant de danser, mais la crainte d'être rejeté par la force centrifuge du groupe me retient.

Le dimanche, je me sens toujours un peu las.

Folke et Takashi ont abordé la question de mon passé. Allongé sur un canapé (à l'horizontale, les mots me viennent plus naturellement), je tâche de remonter dans le temps aussi loin que je le peux. J'évoque mon appartement. Le capitonnage, l'obscurité. Les travaux de rénovation. Mon expulsion. Je remue des souvenirs de dérangements désagréables, de perturbations. Les deux hommes me demandent de développer. Développer ? demandé-je. Oui, dit Folke. Une bouffée de colère m'envahit. Vous savez très bien de quoi je parle, ajouté-je. Je deviens agressif, m'emporte. J'accuse les deux hommes d'avoir provoqué ma déchéance. Pourquoi feignent-ils d'ignorer le malheur qu'ils ont engendré dans ma vie ? Il me semble soudain que j'ai été trop indulgent, depuis le début, avec ces deux étrangers. J'exige des explications, des excuses.

Vous inventez encore, dit Takashi sur un ton de reproche. Les deux hommes en concluent que les progrès réalisés jusqu'ici, au prix de tant d'efforts, demeurent fragiles : décidément, il faut que je fasse un pas au-delà. Je ne réponds pas. Je fixe le plafond. Je ne veux pas lutter. Pour me prouver que je fabule, Folke sort une épaisse reliure à anneaux qu'il se met à compulser en m'expliquant que tout ce qui me concerne y est contenu. Je me relève à demi et jette un œil aux centaines de feuilles vierges. Je me recouche. Selon nos informations, dit Folke, vous avez disparu sans explication, un jour, en laissant derrière vous trois mois de loyer impayé. Comment le propriétaire de l'immeuble a-t-il réagi, croyez-vous, me demande Takashi, en constatant votre absence ? Il a eu peur pour vous, enchaîne-t-il dans un accès de fureur, peur qu'il vous soit arrivé quelque chose !

Selon Folke et Takashi, je ne sais pas reconnaître tout le bien que tant de personnes aimables me veulent, autour de moi.

Un soir, la nouvelle se propage qu'un des nôtres s'est enfui dans la forêt. En choisissant la voie de la fuite, le pauvre homme a rompu le contrat qui le lie à l'établissement et ne pourra plus revenir au Centre. Debout sur un lit du dortoir, un représentant du personnel d'encadrement nous met en garde contre la tentation à laquelle le fugitif a cédé. N'oubliez pas que votre avenir est en jeu, dit-il. Vous n'obtiendrez pas une seconde chance. Abandonner le programme à ce stade-ci n'est pas une solution. Il conclut son discours en nous rappelant que nous devons aviser nos tuteurs de tout dérèglement apparent de notre état d'esprit.

Le lendemain de cet événement, dès le réveil, après la distribution des berlingots de lait, je m'approche de la paroi vitrée et observe la forêt. Il me semble que, depuis quelques semaines, je l'ai oubliée. En tout cas, je n'y prête plus attention. Je ne discerne toujours aucune route entre les arbres. Tout paraît mort, endormi. Notre isolement est complet.

Je reconnais avoir été injuste envers Folke et Takashi. Ils sont bons pour moi, ils m'aident à progresser sur le chemin de mon épanouissement. Pourquoi est-ce que je refuse de m'engager à fond ? Pourquoi ce reste de réticence ? En proie aux remords, je résous de ne plus m'emporter et de surveiller mes paroles. Aidez-nous à vous aider, me disent doucement Folke et Takashi en me prenant les mains pour sceller notre réconciliation tandis que, tête baissée, je sens des larmes chaudes perler au coin de mes yeux.

D'un commun accord, nous suspendons nos entretiens pour une période indéterminée. J'ai besoin de repos. Je ferai le vide, je prendrai du recul. Pendant ce temps, Folke et Takashi me laisseront en paix. Je serai donc libre de m'occuper à ma guise. Il y a d'ailleurs au Centre, à chacun des étages, mille et une façons de me divertir : du sport au jardinage en passant par le cinéma, les possibilités paraissent infinies, et je veux bien me changer les idées.

Je remue de la terre dans un pot quand on vient m'avertir que des gens désirent me voir. Des gens ? dis-je. Venus de l'extérieur, précise-t-on. Je réponds qu'il s'agit certainement d'une erreur, mais on insiste tant que je finis par me laisser entraîner dans l'escalier. Nous descendons. Vous devez me confondre avec un autre, dis-je à l'employé qui me précède, je vous aurai prévenu. Cependant, l'homme a l'air sûr de son fait. Au rez-de-chaussée, il m'ouvre une porte qui donne sur le jardin. Il y a là, tout au fond, un petit groupe de personnes comme en conciliabule. Des silhouettes d'adultes et d'enfants. Elles ne remarquent pas ma présence et continuent vraisemblablement de converser à voix basse.

Je préfère ne pas sortir.

Les jours suivants, je redouble d'ardeur dans ma tâche, empotant des plantes à la chaîne. Je voudrais effacer de mon esprit l'image des visiteurs qui sont venus troubler ma quiétude. Sous prétexte que l'échéance de notre période de repos n'est pas arrivée, on me refuse l'accès à Folke et Takashi. J'ai beau invoquer le dérèglement apparent de mon état d'esprit, l'administration m'ignore et me demande même de la laisser tranquille.

Je regrette maintenant de n'être pas allé à la rencontre du groupe de visiteurs. Je me mets à souhaiter son retour. Je renonce à mon activité pour passer des journées entières dans le jardin. Le regard perdu dans la forêt profonde, je repense à nos entretiens inachevés, avec Folke et Takashi. Je voudrais qu'ils reprennent et en même temps le redoute.

J'attends et j'attends encore : Folke et Takashi ne se manifestent pas. On murmure dans le dortoir que la saison des stages approche et que nos destinations nous seront bientôt révélées. Je m'inquiète à l'idée que mon cas ait été mal évalué en raison du retard que j'ai pris dans le programme. Je préférerais rester ici, au Centre, plutôt que de partir de façon précipitée, sans l'assurance que mes tuteurs ont approuvé toute décision me concernant. D'ailleurs, j'ignorais que le programme dût déboucher sur un stage.

4

La fenêtre de ma chambre donne sur un volcan. De mon lit, par beau temps, je peux en apercevoir le cratère. Nulle éruption encore. Nulles coulées de lave, nuls grands feux rasant le paysage. Tranquillité de la montagne. Paix de la roche. Vie rentrée. L'émotion demeure en dépit du temps qui passe – quelques semaines déjà depuis mon arrivée.

Unique construction à des kilomètres à la ronde, la baraque où je suis installé sert de halte aux voyageurs, qui s'y désaltèrent avant d'entamer l'ascension du volcan. Mon travail consiste à leur servir les limonades qu'ils réclament, les frappés aux fruits, les boissons énergisantes. Ils sont des centaines à passer chaque jour, formant une file interminable devant moi.

Seul pour satisfaire tout le monde, il m'arrive de confondre des commandes ou de mal proportionner des mélanges. Je n'ai pas encore bien assimilé les recettes. La variété de la carte est telle, du reste, que j'en perds la tête. On s'impatiente, on maugrée. De l'aube à la tombée de la nuit, les assoiffés se succèdent avec mauvaise humeur sans me laisser un instant de répit.

On va parfois jusqu'à m'insulter. Cette méchanceté m'est incompréhensible, et je me demande si ce n'est pas moi qui l'inspire sans m'en rendre compte. Je suis pourtant prévenant, j'essaie d'être aimable et même, dans une certaine mesure, de montrer de la gaieté. Bouleversé par ces instants où la clientèle s'en prend à moi, je suis ensuite impuissant à en conjurer le souvenir. Je le ressasse indéfiniment, comme empoisonné, me rappelant surtout que je n'ai pas su réagir, que je me suis laissé humilier.

Il y en a de meilleures que d'autres, mais les journées sont essentiellement mauvaises. Pressé de toutes parts, j'ai l'impression de ne plus agir par moi-même. Chaque commande entraîne une série de gestes mécaniques. Je ne suis plus que réflexes, machine nerveuse, ensemble de rouages inconscients. Les heures se suivent dans une parfaite identité. Je me dissous en elles comme un comprimé dans un verre d'eau.

On me livre durant la nuit les cageots de fruits et de légumes frais, les caisses de canettes et de bouteilles, les verres en carton recyclé – tout ce dont la buvette a besoin. J'entends le livreur passer vers deux heures. Je dors mal : depuis que je suis ici, un noyau d'anxiété s'est comme réveillé au fond de moi. Il commence à croître avec le coucher du soleil et se transforme en panique si je ne réussis pas à m'assoupir. En dépit de mon extrême fatigue, je tourne indéfiniment dans mon lit, en proie à un sentiment grandissant d'oppression. Il me semble alors que la seule issue à ma détresse est la mort.

Au matin, la crise s'est dénouée, j'ai retrouvé un semblant de calme. Cependant, la lutte que j'ai menée m'a épuisé. Les forces hostiles de la nuit se sont rendormies, mais, moi, je dois regagner mon poste, me rattacher au licou de la buvette, travailler.

Je trouve mon énergie dans le frappé à la banane offert gracieusement par la maison pour chaque période de quatre heures de service. Il va sans dire que ce stage n'est pas rémunéré et que je dois m'estimer satisfait qu'on ait seulement consenti à ce que je travaille ici.

Le patron, un petit homme moustachu et bourru, apparaît et disparaît de façon aléatoire. Il m'a dispensé une brève formation le premier jour, puis sa supervision s'est faite de plus en plus lointaine. L'évaluation qui conclura mon stage tiendra compte de mon rendement, de la tenue du lieu, de mon rapport avec la clientèle ainsi que de mon attitude générale à l'égard du travail (une attitude positive est requise de moi en tout temps).

Les objectifs d'affaires de la buvette se doublent d'une mission de santé publique. On me demande d'encourager chez le client une alimentation saine. Les limonades et les boissons énergisantes disparaîtront d'ailleurs progressivement de la carte au profit des seuls frappés aux fruits, m'a-t-on avisé. En attendant, je recommande aux indécis le frappé au chou frisé et continue de servir aux autres ce qu'ils désirent.

Dès le début, il m'a semblé que ce stage ne me convenait pas. Cette intuition se confirme de jour en jour. Bien que mon corps s'habitue à la routine de la buvette, à la cadence infernale du travail, je m'y sens toujours aussi étranger. Je doute que Folke et Takashi aient été consultés avant qu'on décide de m'envoyer ici et je me surprends parfois à espérer qu'ils réapparaîtront pour me ramener au Centre.

Le volcan cependant me magnétise. Je reste ému par sa présence. Les conversations de la buvette alimentent mon désir d'entreprendre moi aussi son ascension. J'entends répéter que le lieu est empreint d'une atmosphère vibrante. Je ne suis pas sûr de ce que cela signifie, mais je rêve maintenant d'aller me pencher au-dessus du cratère.

Mon stage doit durer quatre mois. Un matin que le patron est là, n'écoutant que mon courage, je sollicite un congé de quelques jours. Il s'en étonne. Il croyait mon engagement plus sérieux. Néanmoins, il me promet d'y réfléchir. Il admet volontiers qu'une pause pourrait m'être salutaire, mais cela risque aussi de créer un précédent (les stagiaires avant moi n'ont jamais rien réclamé).

Les jours passent, et pas de nouvelles du patron.

Lorsque je le revois enfin, il a oublié ma requête. Je la lui rappelle, et alors il me dit tout net qu'il ne peut pas me laisser m'absenter. Hé non, ajoute-t-il, car qui est-ce qui te remplacerait ? J'évoque la possibilité que ce soit lui. Il ne me répond rien. Il me regarde comme si j'étais devenu fou.

Je décide de partir quand même. Un peu avant l'aube, je quitte la buvette en m'assurant d'avoir bien fermé derrière moi. Je serai de retour avant la nuit. Le patron ne saura peut-être rien de mon absence, de toute façon il a eu tort de me refuser un congé.

Je marche sur le chemin qui mène au volcan. La brume se dissipe lentement dans le paysage endormi, le soleil commence à blanchir l'horizon. Il est encore temps de revenir sur mes pas pour ouvrir la buvette. Je ne le ferai pas. Je continue d'avancer en respirant le bon air du matin. De grosses bêtes cornues paissent au loin ou se reposent dans l'herbe.

Après quelques heures, j'arrive enfin au camp de base. C'est là que les ascensionnistes passent la nuit avant de partir à la conquête du sommet. Ils sont en train de démonter leur tente et de préparer à déjeuner. Je reconnais la plupart d'entre eux puisque je les ai servis la veille. Je n'ai pas du tout envie de les rejoindre et vais m'installer à l'écart, sur une pierre.

Deux ascensionnistes dont je surprends la conversation discutent du volcan. L'un soutient qu'il est éteint, et l'autre, qu'il est simplement endormi. Ils vont consulter leurs camarades, mais les avis divergent. On ne s'entend pas. De plus en plus énervé, le partisan de la théorie du sommeil accuse le partisan de la théorie de la mort de parler à tort et à travers. Le ton monte. Les deux hommes finissent par se tourner le dos.

Je regarde le groupe s'engager dans le sentier et disparaître au premier tournant. On m'a invité à le suivre, mais je préfère grimper seul. J'emprunterai un second sentier qui part dans une autre direction. Bien qu'il soit destiné aux randonneurs expérimentés en raison de sa forte déclivité, je ne crains pas le défi qu'il représente.

J'y suis. Je suis en train de faire l'ascension du volcan. Aidé d'un bâton, je marche dans la sente étroite et abrupte – plus étroite et abrupte que je ne l'imaginais – qui serpente jusqu'au sommet. Je m'arrête souvent pour reprendre haleine, peu rompu à un tel effort en dépit de l'amélioration récente de mon hygiène de vie.

Folke et Takashi seraient fiers de moi, je pense. J'ai hâte d'en avoir fini avec le malentendu du stage à la buvette pour les retrouver. Je suis certain qu'ils approuveront le congé que je me suis accordé. Ma tâche quotidienne m'apparaît de moins en moins susceptible de correspondre au beau projet d'existence qu'ils envisagent pour moi, et quelqu'un dans l'administration aura des comptes à rendre une fois que, de retour au Centre, je me serai plaint du traitement qu'on me fait subir ici.

L'ascension est plus difficile que je ne le croyais. Si la pente s'adoucit parfois, cela ne dure pas. Je n'y arriverai jamais. Sans cesse arrêté, je fixe le sommet avec découragement. J'aurais dû, bien sûr, emprunter le sentier principal avec les autres. Comment ai-je pu m'illusionner à ce point sur mes capacités ? Je maudis soudain ce besoin de solitude qui m'a poussé à m'aventurer sur le chemin le moins fréquenté.

Je me tourne vers le paysage pour distraire ma fatigue. Il est de plus en plus vaste à mesure que je monte. La ligne de l'océan est même visible, me semble-t-il, au-delà des étendues herbeuses. L'océan. J'aurais envie de me plonger dans l'élément liquide.

Je cherche sans succès la buvette dans la plaine. Je me demande si le patron y est apparu aujourd'hui. Je me sens coupable d'avoir trahi sa confiance.

Je continue de gravir le volcan, envahi de pensées négatives. Tout est souffrance. Tout est erreur. Chaque pas me coûte sous le soleil accablant, dans la poussière. Je ne sens nullement cette atmosphère vibrante dont on parlait, au contraire le lieu me paraît d'une affligeante banalité. La fraîcheur de la buvette me manque. Persuadé désormais que le patron découvrira mon absence, je regrette presque d'être parti.

L'après-midi est déjà bien avancé lorsque j'atteins le sommet. Je fais quelques pas encore le long de l'escarpement et m'immobilise, dominant le panorama. J'ai peine à croire que je suis arrivé. Je me retourne vers le cratère : personne nulle part, silence. Je me demande si le groupe du matin n'est pas déjà en train de redescendre.

Je vais me pencher dans la bouche du volcan. Je découvre une dépression très profonde, sans rien d'autre à l'intérieur que la vie aride et stérile de la pierre. Je ne bouge plus, comme attiré par le vide. Le vertige me gagne lentement. L'idée me vient que je pourrais descendre.

Une pancarte met en garde contre un tel projet. Le temps me manque, du reste, si je veux rentrer avant la nuit. Je cède néanmoins à la tentation d'une courte exploration et, cherchant appui sur les plus grosses pierres, je m'engage dans le gouffre. Prudemment, je descends en zigzaguant entre les obstacles.

Je descends encore.

L'entonnoir est profond, et je m'y enfonce plus vite que je ne le crois. Une grande distance me sépare déjà de l'entrée de la cavité. Le soir va tomber. Il faudrait sans doute que je remonte, mais un obscur désir m'entraîne toujours plus bas. J'entre peu à peu dans l'ombre.

Il fait tout à fait noir maintenant. Je progresse à tâtons parmi les pierres, déterminé à toucher le fond du volcan. Des heures ont passé. Regagner la buvette ne me préoccupe plus. Je m'imagine plutôt trouvant un passage vers la chambre magmatique, m'y lovant pour des millions d'années afin d'accomplir mon destin de fossile.

Je suis à bout de forces lorsque j'arrive au plus creux du cratère. Je ne songe même pas à remonter et me couche sur le sol, ventre à terre. Une grande paix m'envahit tandis que les émotions liées à mon travail se dissipent. La buvette, le patron me semblent bien loin désormais. Je n'éprouve plus ni frustration ni culpabilité. Ma place est ici avec le minéral, dans le silence et l'obscurité. Tous mes muscles se détendent. La terre est d'une parfaite tiédeur. Je ferme les yeux.

5

Assis sur le canapé de notre cellule d'entretiens, je subis les remontrances de Folke et
Takashi. L'opération de mon sauvetage au
fond du gouffre a coûté cher, et l'administration demande maintenant des comptes
aux deux hommes. J'apprends qu'ils sont
à l'origine de la décision de m'envoyer à la
buvette du volcan, contrairement à ce que je
pensais. Ce stage était parfait pour vous,
et vous avez tout gâché ! Le patron refuse de
vous reprendre. Croyez-vous qu'il soit facile
de vous trouver un tel poste, compte tenu
de vos compétences ? dit Folke. Vous nous
mettez dans une situation impossible, dit
Takashi.

Visiblement nerveux, les deux hommes font
les cent pas. Leur agitation est telle que je

n'ose exprimer ma joie – réelle en dépit des circonstances – de les retrouver. Je me demande s'ils savent vraiment dans quel enfer ils m'ont précipité. Que leur savant programme ait mené à la décision de m'envoyer à la buvette du volcan me dépasse. Selon le rapport d'évaluation que le patron leur a remis et que Folke lit en marchant, mon travail là-bas n'a pas du tout satisfait aux exigences. On me reproche mon indifférence envers les affaires de la buvette et même une certaine insolence à l'égard de mon chef. L'épisode du congé a bien sûr aggravé mon cas.

J'avance pour ma défense qu'un tel jugement me paraît exagéré. Je me suis certes absenté sans l'accord du patron, négligeant les conséquences d'une fermeture de vingt-quatre heures sur les affaires, mais j'ai travaillé consciencieusement – et cela en dépit de l'horreur que m'inspirait ma tâche. J'ai fait de mon mieux. Je dirais même que je me suis investi, par moments, dans l'activité de la buvette. J'ai du moins suivi les directives. Il n'est tout de même pas possible, dis-je soudain à mes tuteurs, que vous ayez jugé que ma place est dans le service à la clientèle ? Mais précisément, me répond Takashi, votre place est dans le service à la clientèle. Où voudriez-vous qu'elle soit ? me demande Folke.

S'efforçant au calme, Takashi s'assied dans son fauteuil. Votre stage a été trop bref pour qu'il ne soit pas, hélas, à recommencer, dit-il en soupirant. Mais il faudra que ce soit ailleurs. Nous ne savons pas encore où. Ce qui nous inquiète, poursuit Folke, ce n'est pas tant la qualité de votre travail à la buvette que la rechute dont témoigne votre aventure au volcan. Vous êtes allé vous cacher au fond du cratère, impuissant à réprimer votre vieille inclination. Qui nous dit que vous ne céderez pas de nouveau à pareil désir ? Après une période prometteuse où vous suiviez notre programme à la lettre, dit Takashi, vous n'en faites plus qu'à votre tête. Vous refuseriez même, avons-nous eu vent, de voir les gens qui vous visitent. Très bien. Sachez seulement qu'aucun tuteur ne croîtra à votre place. Personne ne pourra rien pour vous si vous persistez à ne pas vous aider vous-même en premier lieu – le comprendrez-vous enfin ?

Ces paroles me minent. L'envie de me défendre me quitte soudain, ma joie s'évanouit. J'ai honte d'avoir déçu Folke et Takashi une fois de plus. J'étais à ma place à la buvette et je ne le voyais pas. Ma confusion est grande, et mon découragement. Il me semble que je ne pourrai plus me faire confiance. Le sentiment d'un piétinement lamentable se cristallise en moi tandis que, tête basse, j'écoute mes tuteurs me répéter que tout est à recommencer. Ils insistent tant sur mes torts que je ne suis bientôt plus qu'un concentré de culpabilité. J'en viens même à me dire que j'ai profité malhonnêtement des ressources du Centre.

Une fois qu'ils m'ont quitté, cependant, la colère m'envahit. Je voudrais frapper ces deux hommes qui me rappellent sans cesse que je me trompe. Qui sont-ils, au fond, pour juger de ma conduite ? Des émotions contradictoires luttent en moi. Je ne dois pas revoir Folke et Takashi avant le lendemain matin, et leur présence me manque déjà. Il me semble qu'ils ne comprennent pas bien ce que j'ai vécu à la buvette et qu'il faudrait que nous nous expliquions davantage. Je suis fatigué de me sentir fautif. La perspective d'un autre stage me déprime. Je n'ai pas du tout envie de recommencer quoi que ce soit.

Je passe le reste de la journée allongé sur mon lit. Le dortoir est calme, la plupart des résidents n'étant pas encore revenus de leur stage. Quelques nouveaux ont cependant fait leur apparition. Ils ont l'air désorientés. Mesurant soudain la distance qui me sépare de ma propre arrivée au Centre, je sens que je bascule dans la catégorie des anciens. Cela me donne une espèce de coup de vieux. Je n'ai pas l'intention de moisir ici, mais je redoute ce qui m'arrivera ailleurs si on m'impose, comme on l'a laissé entendre, un nouveau stage.

Le lendemain matin, à l'heure prévue, je me rends à notre cellule d'entretiens. Folke et Takashi ne s'y trouvent pas encore. Je patiente un long moment avant de renoncer. Je pars me promener dans le Centre en attendant qu'ils réapparaissent. Un désordre inhabituel règne à chaque étage, comme si on n'avait pas fait le ménage depuis des semaines, et je m'étonne de n'y rencontrer presque aucun employé. Les quelques nouveaux résidents traînent sans savoir où aller, seuls ou par grappes, abandonnés à eux-mêmes, inquiets sans doute de ce qui les attend. Je m'attarde dans la cafétéria déserte, où les tables sont couvertes de plateaux-repas, et le sol, jonché de détritus.

Aucune nouvelle de mes tuteurs. Je tente en vain de me renseigner auprès de l'administration, dont les bureaux sont fermés. La journée s'écoule dans un désœuvrement complet. Dans le dortoir, un nouveau m'approche qui voudrait que je l'initie aux arcanes du Centre. Je le repousse avec une frayeur mal dissimulée. Il n'est pas question pour moi de jouer les mentors, et je ne souhaite parler avec personne. Je suis conscient de contrevenir ainsi à la philosophie du lieu, c'est-à-dire aux principes de sociabilité qu'on cherche à m'y inculquer, mais les circonstances sont telles, aujourd'hui, que nouer des liens avec quelqu'un me serait impossible. L'absence de Folke et Takashi m'agite de plus en plus.

Cette absence se prolonge indéfiniment. Des jours passent. L'administration demeure fermée, les nouveaux continuent de traîner sans but. Bientôt, un à un, les anciens rentrent de leur stage. Je les écoute faire le récit de leurs expériences avec enthousiasme. Ils sont conquis par le monde du travail, la plupart semblant avoir trouvé leur place et rêvant déjà de la regagner (on leur a offert des postes permanents, des carrières s'ouvrent à eux). Je m'étonne que leur intégration ait été si facile, contrairement à la mienne, et me demande ce qui en est la cause. Ces types-là me ressemblaient pourtant, il y a peu. Rejeté en marge avec les nouveaux, je me sens soudain doublement étranger.

Après quelques semaines passées ainsi, sans tuteurs et sans occupation, laissés dans l'ignorance au sujet de cet étrange suspens, nous sommes tous convoqués un matin

à l'auditorium pour une annonce importante. Cet événement exceptionnel inquiète,
une rumeur laisse même entendre que le
Centre fermera ses portes. La nervosité est à
son comble lorsque nous voyons apparaître
sur la scène un homme que nous ne connaissons pas. Il s'agit du nouveau directeur. Il
vient nous informer de changements impor-
tants. Placé à la tête de l'organisme pour en
assainir la gestion, c'est-à-dire en réduire les
dépenses – devenues incontrôlables, appre-
nons-nous, sous l'ancienne administration –,
il vient faire appel à notre collaboration.
Notre effort est requis afin d'assurer la pérennité du Centre. Nous devons comprendre
que la situation actuelle ne peut plus durer
et qu'il faudra nous adapter à des réalités
nouvelles.

Le directeur présente les grandes lignes de
son plan. Il évoque de nécessaires mises à
pied, le recrutement d'employés d'un caractère plus souple, la refonte du programme, la
fin du tutorat individuel, l'abandon des
stages. Sauf exception, un séjour au Centre,
désormais, n'excédera pas six mois. La fête

hebdomadaire du samedi soir est supprimée. On ne servira plus de viande à la cafétéria. La population doublera. D'autres bouleversements sont à prévoir, devinons-nous, mais nous ne les connaîtrons pas tout de suite.

Au sortir de l'auditorium, le silence est complet. L'annonce du directeur a eu l'effet d'un coup de massue. Nous ne savons que penser. Déprimé, je ne songe qu'à retourner me coucher. On nous a dit que la Réforme se ferait en douceur, qu'on ne précipiterait rien, mais déjà le dortoir est sens dessus dessous. Des ouvriers sont en train d'y superposer des lits aux nôtres, et voilà que surgissent, pour en réclamer l'occupation, toutes sortes de personnes que je n'ai jamais vues – encore des nouveaux !

Dans les semaines qui suivent, le Centre retrouve un semblant de fonctionnement. Une équipe de résidents bénévoles est formée afin d'assurer la propreté des étages. La cafétéria rouvre avec un menu végétarien, c'est-à-dire qu'on n'y sert plus qu'une exécrable bouillie de lentilles. Quelques employés apparaissent. Une réorganisation des activités s'opère en coulisse : en attendant, nous ne faisons pas grand-chose. J'entends murmurer que nos cas sont réévalués un à un. Les résidents de retour de stages à qui on a promis un emploi voient leur départ précipité. Les nouveaux, quant à eux, prennent leurs aises, ils forment désormais un groupe dont l'influence grandit chaque jour – d'ailleurs, ils ne me témoignent plus le respect du début : j'en ai même surpris un allongé sur mon lit.

Toujours sans nouvelles de Folke et Takashi, pour qui j'ignore ce que signifie la fin du tutorat individuel, je m'interroge sur mon avenir au Centre. Je crains qu'on me renvoie. Privé de soutien, je ne saurais me défendre. On jugera peut-être que je traîne ici depuis trop longtemps, que je me complais dans une situation de parasite. On ignorera les détails de mon histoire. On pensera que je suis de mauvaise volonté. On me réexpédiera à la ville. Aux bureaux de l'administration, évidemment, bien que tout le personnel en ait été changé, on refuse de me renseigner.

Je finis par me demander si on ne m'a pas oublié.

On ne m'a pas oublié. J'apprends que je fais partie d'un groupe de résidents convoqués un matin à l'étage des cellules d'entretiens. Cet étage a été transformé, il n'y a plus de cellules, les cloisons ont été abattues, il s'agit désormais d'une grande salle où on nous invite à nous asseoir sur des coussins disposés en cercle. Deux hommes d'origine étrangère – un Indien et un Chinois, me semble-t-il – nous y accueillent, que je devine récemment embauchés. Cette première rencontre, dit l'un, a pour but de rompre la glace. Nous allons nous présenter chacun à notre tour, ajoute l'autre.

Des méthodes plus modernes, inspirées par les travaux d'éminents spécialistes, remplacent les anciennes dans notre marche vers l'épanouissement. Vikram et Chan, nos nouveaux tuteurs, guident les séances. Elles prennent la forme d'échanges et de jeux de rôles laissant libre cours à l'expression personnelle. Nous improvisons sur des thèmes comme la peur ou la responsabilité. J'ai beau m'y soumettre de bonne foi, je ne m'habitue pas à cette formule. En quoi les soucis des autres me concernent-ils ? Folke et Takashi me manquent, dont le profond engagement dans ma cause ne faisait pas de doute.

Un invité spécial, venu de l'extérieur et différent chaque semaine, est convié le vendredi à animer la séance. Nous nous initions notamment au yoga, à la méditation, à la réflexologie, à la zoothérapie et au chamanisme. Ce sont des ateliers de créativité, de restructuration énergétique, de communication avec les esprits, etc. Encouragés par les animateurs, nous nous appliquons à cultiver des pensées positives et travaillons à devenir meilleurs.

Peu convaincu par ces méthodes, je songe à réclamer le retour du tutorat individuel. Serait-ce mon statut d'ancien qui me pousse à une telle audace ? Quoi qu'il en soit, les nouveaux me font vite savoir qu'ils ne partagent pas mon avis : eux embrassent entièrement la nouvelle philosophie du lieu. Je n'insiste pas. Je me sens de plus en plus isolé. Les résidents présents à l'époque de mon arrivée ont à peu près tous quitté le Centre.

Je me demande comment se fait notre suivi. Vikram et Chan ont du mal à se rappeler mon nom, ils ignorent assurément tout le reste. J'ai renoncé à interroger l'administration. Je persiste pourtant à croire qu'on continue de m'évaluer. Il le faut. Si la Réforme n'est pas une vaste plaisanterie, on doit continuer à juger de mon progrès – et quelqu'un, quelque part dans le Centre, réfléchit à mon avenir.

6

On a commencé à déboiser la périphérie du Centre, là où la cour s'interrompt. La circulation des camions-bennes et des pelles hydrauliques est formidable. Du haut du dortoir, j'observe avec fascination l'activité de la machinerie. Les ouvriers confinés dans leur cabine manœuvrent de longs bras articulés, prolongés de pinces géantes ou de godets dentés. On arrache les arbres comme de la mauvaise herbe. Le travail est rapide et net. La forêt recule d'une centaine de mètres.

Au-delà de cette périphérie, reliées par des chemins fraîchement ouverts, d'autres zones plus ou moins larges sont aussi dégagées. Cela forme un réseau de clairières. On ne nous a rien dit, bien sûr, au sujet de ces grands travaux. Entre deux séances avec

Vikram et Chan, je guette le moindre signe qui pourrait m'en révéler la finalité. Des semi-remorques chargés de matériaux de dimensions extraordinaires se succèdent maintenant dans les zones.

Dans le Centre aussi, des travaux ont été entrepris. De nombreux étages autrefois accessibles sont désormais fermés. Limités au dortoir, à la cafétéria, au gymnase et à la salle communautaire où ont lieu les séances, nous voilà contraints à une promiscuité de plus en plus insupportable. Impossible de trouver un coin tranquille. Les autres sont partout, désœuvrés, jacassant. Ils m'ont rejoint le long de la paroi de verre pour conjecturer sur ce qui se passe dehors. Je voudrais leur dire de se taire et d'attendre. Même Vikram et Chan s'y sont mis, qui nous encouragent à exprimer nos espoirs concernant les travaux.

Selon la rumeur, la Réforme du directeur serait plus importante que nous ne l'imaginions. Le chantier annoncerait même un changement dans la vocation du lieu. On évoque un mystérieux accord de partenariat avec le secteur privé, la vente d'une partie du terrain et de plusieurs étages, la fin de la vie au Centre telle que nous la connaissons. Il n'en faut pas plus pour décider certains résidents à tenter de percer le mystère des rénovations intérieures. J'entends dire qu'un nouveau a été surpris, de nuit, en train de forcer une porte barricadée (il aurait eu le temps d'apercevoir l'ombre de deux ouvriers avant d'être arrêté), et un autre, rampant dans une conduite d'aération.

Des structures tout en courbes, tubulaires et spiralées, surgissent du sol. On dirait de gigantesques sculptures abstraites, puis l'évidence s'impose peu à peu : il s'agit de montagnes russes, un parc d'attractions se construit autour du Centre. La nouvelle se répand comme une traînée de poudre. Elle provoque une grande émotion. Plus personne, dès lors, ne veut s'éloigner de la paroi de verre. Le chantier absorbe tant l'attention qu'on oublie de se présenter aux séances de Vikram et Chan.

De nouvelles constructions apparaissent à un rythme soutenu. Durant les semaines qui suivent, nous comprenons que l'ensemble sera bien plus qu'un parc d'attractions. Une multitude d'installations destinées aux loisirs poussent dans différents secteurs. Il n'est pas toujours possible de les reconnaître de loin, mais leur variété semble prodigieuse. Ce sont des terrains de sport supplémentaires, des bassins et des glissoires géantes, un circuit de karting, une piste de motocross, une tour de saut à l'élastique, un planchodrome, etc.

Vikram et Chan peinent à faire respecter l'horaire des activités. Je les sens nerveux, irritables, comme autrefois Folke et Takashi. Ils n'en savent pas plus que nous et attendent avec impatience une annonce de la direction. Lors des séances – auxquelles nous participons, pour ainsi dire, la tête ailleurs –, il leur arrive désormais de s'emporter sans raison. Nous assistons alors à des crises terribles (Chan a même déjà brisé une chaise) qui se terminent généralement par une scène pénible où, honteux, ils nous bredouillent des excuses.

Les travaux se poursuivent durant des mois. Détournés des rénovations intérieures, nous n'en avons plus que pour le chantier de la forêt, qui s'étend bien au-delà du regard. Même de l'étage supérieur, il est impossible d'en distinguer la limite. Tout un fourmillement se devine en outre dans les zones demeurées boisées : il n'y a pas un secteur qui ne soit en transformation. Où que nous soyons dans le Centre, nous avons vue sur l'activité frénétique d'un nombre incalculable d'ouvriers, de camions et d'engins monstrueux. Après une première phase pendant laquelle elle m'a diverti, je sens que cette activité me dérègle.

Plus d'un an a passé depuis l'entrée en poste du directeur. Le peu de paix que j'avais acquis est perdu. Inutile de chercher encore le repos dans l'horizon bouleversé : la forêt d'autrefois – infinie, vierge et frémissante – n'est plus qu'un souvenir. Tous suprêmement agités, les autres résidents et moi nous interrogeons sans arrêt sur notre avenir. Il semble que la direction ait renoncé au règlement fixant l'échéance d'un séjour à six mois, car personne n'est parti. Et beaucoup sont arrivés, quantité de nouveaux qui n'ont jamais connu le Centre autrement qu'à l'état de chantier, avec les méthodes de Vikram et Chan, la bouillie de lentilles quotidienne et le dortoir surpeuplé.

La situation se débloque un matin que nous sommes convoqués à l'auditorium. La rumeur qui circulait se confirme : une entente a été conclue avec une entreprise privée pour l'exploitation du territoire. Notre directeur nous annonce que nous devenons *de facto* des employés de YOLO Aventures. La stupéfaction est générale. Le président de l'entreprise apparaît sur la scène, il tâche de nous rassurer en promettant à chacun un travail conforme à ses goûts. Nos affectations nous seront bientôt révélées. Le parc de loisirs, bien qu'il ne soit pas achevé, ouvrira dans deux semaines. Les premiers visiteurs sont déjà en chemin. Ils viennent de partout dans le monde. Nous devrons les accueillir avec le plus vif enthousiasme, de manière que leur arrivée soit marquée du sceau de l'événement.

Le choc de cette annonce est si grand qu'on entendrait une mouche voler. Le directeur n'est pas réapparu. Il n'y a pas eu de période de questions. À la sortie de l'auditorium, on nous remet un uniforme aux couleurs du Parc et un *Manuel de l'employé* en nous souhaitant la bienvenue dans la famille de YOLO Aventures. Crachoté par l'interphone, l'appel des employés a déjà commencé. Je ne fais pas partie des convoqués. De retour au dortoir, comme stupide, je me demande ce qui vient de se passer. Je regarde mon uniforme. Certains résidents sont déjà en train de le revêtir. Il me semble que les choses vont un peu vite. Je voudrais qu'on me dise si les séances de Vikram et Chan se poursuivent normalement.

À la cafétéria, pendant le dîner, les employés en formation racontent leurs premières heures au sein de YOLO Aventures. La plupart sont déjà conquis. L'idée d'un rôle à jouer les emballe, ils sont impatients de contribuer au succès du Parc. Fortifiés par la confiance qu'on leur accorde, ils embrassent l'avenir avec optimisme. Un monde s'ouvre à eux. Ils ont le sentiment d'avoir enfin trouvé leur place : jamais un travail ne leur a paru si bien convenir à leur personnalité. Affectés à la zone des manèges, ils iront cet après-midi en visiter les installations. Ils nous montrent avec orgueil les badges qu'on leur a remis.

Pas un mot sur le salaire ni sur l'organisation du travail.

En lisant le *Manuel de l'employé,* j'apprends que nous sommes réquisitionnés chaque jour, de l'aube à la tombée de la nuit. Travailler pour le Parc est un privilège, est-il écrit, et quiconque réclamerait davantage – un salaire, par exemple – se verrait suspendu sans autre forme de procès. Nous continuons, au demeurant, d'être logés et nourris. Un service de soutien pour les employés éprouvant des difficultés d'adaptation est offert le soir, selon la disponibilité et le bon vouloir des thérapeutes. Le Centre reste le Centre, mais nous n'y serons plus jamais inactifs grâce à YOLO Aventures.

Je ne suis pas sûr de vouloir travailler pour rien, ayant assez donné à la buvette du volcan, et songe à exiger mon renvoi à la ville. Il me semble soudain que je suis trop obéissant envers les autorités du Centre, que nous le sommes tous beaucoup trop. Pourquoi personne ne conteste-t-il cet embrigadement général ? Pourquoi ne se révolte-t-on pas ? Tout le monde porte déjà l'uniforme en attendant d'être convoqué. Chacun rêve du poste qu'il obtiendra et anticipe sur ses responsabilités futures, convaincu qu'elles seront d'importance.

Une sourde rivalité s'est insinuée entre les résidents. En quelques jours à peine, le groupe s'est disloqué. On ne se parle plus. La tension est à son comble parmi ceux qui n'ont pas encore été appelés. Les convocations se font maintenant au compte-gouttes. Nous devinons que les postes de la zone des manèges ont tous été pourvus. Pour nous faire patienter, Vikram et Chan dirigent des séances de bricolage au cours desquelles nous confectionnons des guirlandes en vue de l'inauguration du Parc. Le résultat n'est pas très heureux. Nous découpons et colorions isolément, sans nous préoccuper des autres.

Le rythme des appels s'accélère soudain. Peu à peu, les destins sont scellés. Un tel va travailler à la Piste d'hébertisme, un autre à la Piscine à vagues, un autre encore au Carré de sable. Je suis le seul, semble-t-il, qui ne sache pas encore où il aboutira. Cela dit, je n'envie personne : aucun des postes attribués jusqu'ici ne me conviendrait. Refroidi par mon expérience à la buvette du volcan, je redoute toute fonction qui m'obligerait à quelque rapport avec la clientèle. Je ne veux plus faire d'effort. Les gens sont méchants. Le monde est un piège. Allongé sur mon lit, je ne me préoccupe même plus de l'interphone.

J'entends néanmoins l'annonce qui, un matin, nous informe de l'arrivée imminente des premiers visiteurs. Rendez-vous est donné dans le stationnement souterrain. Le lieu est immense et ouvre sur des dizaines de tunnels. Nous n'avons pas l'autorisation d'y descendre d'ordinaire, sauf s'il s'agit de partir. Deux autobus sont garés à l'écart. Je reconnais celui qui m'a amené ici et l'autre, plus petit, qui m'a conduit à la buvette du volcan. Par la bouche des tunnels, où sont suspendues nos guirlandes, nous attendons qu'apparaissent les touristes, nous attendons que se déverse le flux du monde.

Mon cœur bat plus fort. Les autocars ont été accueillis sous les confettis. Je n'avais pas imaginé qu'ils seraient si nombreux, ils continuent d'ailleurs d'affluer. Nous servons de la limonade aux visiteurs en leur souhaitant la bienvenue. Une longue file s'est formée devant la table d'enregistrement, à laquelle chacun doit passer avant de monter. Il est prévu que la fête se poursuive dehors, à l'entrée du Parc, où le président livrera un discours et coupera le ruban inaugural. La chaleur ici est devenue intenable, mais nous tâchons d'en faire abstraction, pénétrés que nous sommes de notre devoir de cordialité.

Une annonce de l'interphone interrompt soudain la musique. C'est moi qu'on appelle enfin.

Avec la permission d'un responsable, je quitte la fête. Des regards me suivent jusqu'à ce que je disparaisse. En m'appuyant à la main courante, je monte l'escalier à pas lents, très lents, de plus en plus lents. J'ai l'impression que je vais m'évanouir. La vue brouillée, les tempes battantes, je m'arrête un instant pour dompter cette émotion démesurée. Je suis seul. J'ai rendez-vous dans les bureaux de l'administration. Il suffit que je m'y présente, je n'ai pas besoin de parler. On me dira ce qu'on a à me dire. Je ne suis responsable de rien. D'ailleurs, je n'existe presque pas. Il suffit que je continue de monter, que j'arrive là-haut.

J'avance dans un long corridor désert. Le local où ont lieu les rencontres est situé tout au fond, selon l'information qu'on m'a donnée. Je cogne à la porte. On m'invite à entrer. Un homme que je n'ai jamais vu, les traits tirés, est assis derrière une table. Il a l'air vanné. Bon, vous voilà enfin, dit-il en refermant trois épaisses reliures à anneaux. Votre cas m'a donné du mal, j'ai même cru que je n'y arriverais pas – mais je vous ai trouvé une place. J'espère qu'elle vous conviendra. Je vous nomme chef du Monorail. Félicitations, et bonne chance.

7

Quasi automatique, sa vitesse limitée à quinze kilomètres à l'heure, le Monorail circule dans le Parc sur une voie à dix mètres du sol. Ses quinze wagonnets peuvent accueillir chacun quatre personnes. Ils sont surmontés d'une toile, et des barres de sécurité latérales empêchent que les passagers ne basculent accidentellement dans le vide. Un wagonnet supplémentaire, à l'arrière, qui ne comporte qu'un seul siège, m'est réservé. J'y dispose d'une couverture, d'un fanal et d'une glacière de camping. Mon travail exige que je ne quitte presque jamais le train et, de l'ouverture à la fermeture, je parcours le Parc en boucle des dizaines de fois.

Les arrêts aux stations me laissent tout juste le temps de me dégourdir. Des visiteurs descendent, d'autres montent, puis nous repartons. On me demande de respecter un horaire strict. Un bouton sert à commander le départ et l'arrêt du Monorail, mais je n'ai aucun contrôle sur sa vitesse. De zone d'activités en zone d'activités nous allons, emportés par un mouvement régulier et sans heurts. Le Parc défile sous mon regard. Je suis tranquille, car je demeure à distance. Installé dans les hauteurs, je considère le monde d'en dessous avec une émotion contenue, sans le profond désarroi d'autrefois.

Mon rôle ne se limite pas à la bonne marche du Monorail, il consiste aussi à assurer un minimum d'animation. Je dois non seulement annoncer les stations mais également divertir les passagers. Cette facette de mon travail me coûte. La nature du spectacle que je suis censé donner n'est pas claire. J'ai l'impression qu'on attend de moi plus que le sobre commentaire sur l'histoire de la construction du Parc auquel je me borne, je devine qu'on voudrait que j'établisse avec mes passagers une manière de complicité, mais je ne saurais comment m'y prendre sans que cela paraisse faux. Je m'habitue à peine à parler au microphone.

Je n'ai jamais eu vent, du reste, qu'on s'était plaint de mon service. On semble en être reconnaissant plutôt, la plupart des passagers me saluant avec respect à la descente du Monorail. Aucun incident à déplorer, rien à dire sur la clientèle. Je m'étonne que mes débuts se passent si rondement. Je craignais le pire et me surprends par moments à aimer ma tâche. Cela doit tenir à ce que je n'ai pas grand-chose à faire. Repos dans le travail. L'obligation de me trouver chaque jour au même endroit pour y remplir une fonction sans surprises me rassure. J'ai besoin de me savoir hors d'atteinte – garanti de toute espèce de conflit.

Le soir, je regagne mon lit sans parler à personne. Je me sens aussi étranger qu'autrefois à la communauté du Centre. Mon statut de chef du Monorail, semble-t-il, me garde à l'écart de mes collègues, dont le travail au cœur de l'activité du Parc a peu à voir avec le mien, qui est de circuler en marge de cette activité. Si on m'invite parfois à me mêler à la conversation ou à participer aux jeux du dortoir, ce n'est jamais que par politesse. Je sais bien qu'eux non plus n'ont pas envie que nos différences se rencontrent. Quelque chose les retient de trop m'approcher, comme si le gouffre creusé entre nous risquait de les avaler.

Les visiteurs logent à d'autres étages, dans des chambres individuelles ou de spacieux dortoirs aménagés dans un tout autre esprit que le nôtre. Ils fréquentent notre cafétéria, dont le menu a été revu pour eux. Nous les croisons au gymnase et à la salle communautaire. La durée de leur séjour varie de quelques jours à quelques semaines, selon le forfait qu'ils ont choisi, mais il n'est pas rare qu'ils décident de le prolonger. Une équipe d'employés est à leur service en tout temps, comme dans les meilleurs hôtels.

En dépit de ses dimensions déjà considérables, le Parc poursuit son expansion. Le circuit du Monorail étend ses tentacules au même rythme que se multiplient les zones d'activités dans les confins. La distance entre les stations est parfois telle, en outre, que nous disparaissons de longs moments dans la forêt sans voir ni entendre autre chose. Un tour complet du Parc prenant deux fois plus de temps qu'au début, la rumeur court qu'un second Monorail sera mis en activité. Je me demande qui en aura la responsabilité et ce qu'il adviendra de mon statut de chef, un peu inquiet à la perspective de partager ce titre avec un autre.

En attendant, je me concentre sur ma tâche. Mon aisance avec les passagers croît de jour en jour. Certains se trouvent d'ailleurs si bien à bord qu'ils ne souhaitent plus descendre, se contentant de tourner avec moi indéfiniment dans le Parc. Cela n'est pas sans conséquence sur la circulation générale. Installés comme à demeure dans le Monorail, ils monopolisent des places que d'autres occuperaient volontiers pour rejoindre les zones d'activités. Un règlement serait peut-être nécessaire pour interdire une telle conduite, mais je ne me résous pas à l'imposer, n'ayant ni le courage ni le goût d'exercer quelque rôle répressif.

La situation ne s'améliore pas avec le temps, au contraire : les passagers parasites sont maintenant en majorité. La grogne se fait sentir aux stations, où il arrive fréquemment que, aucune place ne se libérant dans le Monorail, personne ne puisse monter. Les visiteurs restés sur le quai expriment leur mécontentement en m'injuriant ou en lançant toutes sortes d'objets sur le train. Ma position est devenue intenable. Il faudrait que j'intervienne. J'ai beau demander poliment qu'on n'abuse pas du service, rien ne change. On fait la sourde oreille. Chacun continue d'agir à sa guise, gardant jalousement son siège.

Je voudrais m'ouvrir à Vikram et Chan de la situation, leur expliquer l'impasse où je me trouve, mais, le soir que je me décide, ils refusent de m'entendre. Nonchalamment étendus sur des coussins dans un coin de la salle communautaire, ils me font comprendre qu'ils n'ont pas du tout la tête à ça. Il y a des lunes que je ne les ai vus, et ils semblent avoir abandonné complètement leur rôle d'autrefois. Ils ont l'air déprimés. Fatigués. Comme si on leur avait pressuré le cœur et l'esprit. (Un autre jour, du haut du Monorail, dans la zone des manèges, j'aperçois deux balayeurs en qui je les reconnais.)

Descendu un matin avant tout le monde pour procéder à l'inspection de mon train, j'ai la très grande surprise de trouver Folke et Takashi sur le quai. Il me faut quelques secondes pour encaisser le choc. On nous a dit de nous présenter à sept heures, dit Folke. Nous sommes ici pour la formation, ajoute Takashi. Je les regarde sans comprendre. Une formation ? À quel sujet ? demandé-je. Le Monorail, répond Folke. Je n'ai pas été prévenu, dis-je, un peu piqué. D'ailleurs, que voulez-vous me montrer que je ne sache déjà ? Vous venez m'apprendre à imposer la loi, j'imagine ? À dompter mes passagers ? À expulser, à punir ?

Un instant, dit Folke. Ce serait plutôt à nous d'être furieux contre vous. Savez-vous à quelle situation votre cas nous a réduits ? Vous avez entraîné notre perte, et c'est vous qui parlez comme une victime ? Décidément, vous ne changerez jamais, poursuit Takashi. Toujours la même hostilité… De toute façon, ça ne nous regarde plus. Aux autres désormais d'essayer de vous changer ! Bornez-vous à nous enseigner les rudiments du métier, monsieur le chef du Monorail. Nous sommes à vos ordres. Nous attendons vos directives. Nous ne demandons qu'à nous initier à notre travail, qu'à apprivoiser nos nouvelles fonctions.

Comprenant mon erreur, comprenant surtout que nos rapports viennent de s'inverser, je reste interdit un instant. C'est donc moi qui dois leur donner une formation, à ces deux revenants – mes anciens tuteurs. Embarrassé de m'être emporté, je leur demande de m'excuser et les invite aussitôt à me suivre. Nous faisons le tour de la station. Folke et Takashi sont prêts à m'obéir : la chose me paraît extraordinaire. Je suppose qu'on envisage de leur confier la charge de trains supplémentaires et me sens soudain investi d'une responsabilité importante. Il s'agit de leur imposer une ligne de conduite afin d'assurer la cohérence du service.

Pendant une semaine, Folke et Takashi m'accompagnent sur le circuit. Nous tâchons de laisser derrière nous nos vieilles rancunes. Je leur explique le fonctionnement du Monorail et les instruis de la marche à suivre aux stations. Je leur fournis aussi des renseignements utiles sur les zones d'activités, de manière qu'ils puissent les transmettre à leur tour aux passagers. Je les éclaire enfin sur notre mission de divertissement en ne leur cachant rien de mes difficultés à ce sujet.

Folke et Takashi réagissent si peu à mon enseignement que cela finit par me mettre mal à l'aise. Leur silence me pèse. J'ai hâte que la semaine se termine. Serrés dans le wagonnet du fond, à l'étroit comme dans quelque cellule de basse-fosse, nous ne vivons plus que pour les arrêts aux stations. Nous partageons nos repas en silence, le regard perdu au loin. Je suis tenté d'interroger mes anciens tuteurs sur la période de leur évaporation, mais le terrain me paraît miné. Au fond, je préfère rester dans l'ignorance de ce qui leur est arrivé. Je craindrais trop qu'on

me fasse sentir encore le poids de ma responsabilité dans cette affaire.

Leur formation terminée, c'est avec soulagement que je retrouve ma solitude. La mise en
service d'un Monorail supplémentaire a permis de désengorger les quais, et ma tâche me
paraît plus facile (on dit même que d'autres
trains s'ajouteront encore, les visiteurs ne
cessant d'affluer). Il me plaît de circuler dans
le Parc, jambes allongées, pieds sur la glacière,
sans me soucier de rien ni personne. J'ignore
comment Folke et Takashi se débrouillent,
mais cela ne me concerne plus. J'estime que
mon rôle ne va pas au-delà de la formation
que je leur ai donnée et ne souhaite certainement pas me porter garant de leur conduite.

De nouvelles zones d'activités apparaissent
presque chaque mois. Nous allons si loin
désormais que boucler le circuit du Monorail
demande plusieurs heures. Limité à quelques
tours par jour, j'ai l'impression que ce qui
me lie au Centre se relâche. Le nombre d'employés a d'ailleurs tant augmenté que je ne
reconnais plus personne. Notre dortoir

occupe maintenant trois étages, on a ouvert une deuxième cafétéria, d'autres salles communautaires, on a agrandi le gymnase. Et les travaux se poursuivent. Tout continue de changer. À l'intérieur comme à l'extérieur, la métamorphose est permanente.

Le Parc a avalé jusqu'au volcan. La zone d'activités qu'on y a créée ne ressemble à aucune autre, avec son câble de tyrolienne suspendu au-dessus du cratère. Située à l'emplacement de l'ancien camp de base, tout juste au pied de la station, la nouvelle buvette emploie des dizaines de personnes servant chaque jour des milliers de rafraîchissements. Le patron est toujours là, supervisant sa brigade. Je l'aperçois parfois du bout du quai en attendant que nous repartions. Je n'éprouve à son égard pas le moindre ressentiment. Il me semble que je n'ai plus grand-chose à voir avec celui que j'étais à l'époque de mon stage. Dans une certaine mesure, mon comportement d'autrefois m'est devenu incompréhensible.

Un peu partout aux frontières du Parc, quand nous passons, je surveille avec curiosité le progrès des chantiers. Le prolongement du circuit du Monorail, plus que la construction des zones d'activités, sollicite mon attention, m'invitant à rêver à nos détours futurs. Au-delà de la zone du volcan, les ouvriers sont d'ailleurs à pied d'œuvre pour élever les piliers d'une nouvelle section de la voie en direction de la mer. Je suis impatient d'aller jusque-là – si tel est bien le plan. Nous serions alors si loin du Centre que je doute que le voyage puisse se faire en une seule journée, en comptant le retour. Cela stimule encore mon imagination.

8

La popularité du Parc ne se dément pas. L'affluence croît de semaine en semaine, entraînant l'aménagement effréné de nouveaux secteurs. Je ne cesse de m'étonner de l'activité qui m'entoure et du fait qu'elle soit si bien coordonnée et comme autorégulée. J'ai l'impression que le Parc est un organisme vivant destiné à prospérer indéfiniment. Son apparence d'autonomie m'effraie. Je circule dans ce monstre avec le sentiment de n'y être qu'une quantité très négligeable, dont le rôle n'est même pas sûr. Il me semble parfois, à bord du Monorail, que je n'existe déjà plus – ou que je n'ai pas commencé d'exister.

Les trains se multiplient, ils sont désormais innombrables. Personne ne s'est pourtant présenté à la suite de Folke et Takashi pour que je lui dispense une formation. Je suppose que les deux hommes, que je n'ai pas revus, ont pris le relais avant de le passer à leur tour. Je ne dispose en vérité d'aucune autorité particulière dans le Parc, je l'ai compris. Mon titre de chef du Monorail ne signifie rien : on l'attribue à tous ceux qui font le même travail que moi. Le souci que j'avais d'assurer la cohérence du service me paraît aujourd'hui dérisoire. Il faut que j'aie été d'une extraordinaire vanité pour croire qu'on m'avait chargé d'une telle responsabilité.

Je n'entretiens pas plus de rapports avec les chefs de train qu'avec les autres employés. Il semble que nous soyons tous, ceux de notre espèce, plutôt taciturnes. Nous nous saluons à peine quand nous nous croisons dans le Centre – et encore faut-il que nous nous soyons reconnus. Notre nombre augmente continuellement, mais il ne compte, bien sûr, pour presque rien dans la totalité du personnel. Nous ne nous réunissons jamais et ne savons même pas qui sont nos supérieurs, si nous en avons. Un horaire des départs est distribué chaque semaine, établi sans doute par quelque puissance obscure des bureaux de l'administration, et tout se passe avec le plus grand naturel, comme si l'organisation du travail était un phénomène spontané.

L'offre des activités paraît obéir au même genre de miracle. Elle se modifie constamment en fonction des goûts, des modes, des caprices des visiteurs – et il n'est pas rare qu'elle les devance même. Du Monorail, je m'interroge souvent sur la fonction des installations qui poussent dans le Parc, mystifié par leur insolite aspect. Des loisirs sont ainsi inventés chaque année, visant à donner des sensations fortes et neuves, à la mesure du formidable appétit de vivre qui les réclame. La diversité des expériences proposées aux visiteurs semble destinée à s'accroître toujours, et il n'y a pas de désirs que YOLO Aventures ne sache anticiper.

Le Parc est maintenant ouvert vingt-quatre heures sur vingt-quatre, une équipe de nuit relayant celle de jour afin d'assurer la continuité du service. On m'a adjoint un second avec qui j'échange, au moment de la relève, les dernières informations sur l'état du train et les conditions du circuit, et jusqu'ici tout se passe sans heurts. Je continue de travailler comme auparavant, si ce n'est que je n'ai plus à annoncer de débarquement final. Il arrive d'ailleurs que des passagers quittés le soir soient toujours dans le Monorail à mon retour, le lendemain matin. Je les salue sobrement d'une inclination de la tête – et nous repartons.

Les mois passent. L'expansion du Parc se poursuit. Douze heures suffisent à peine à en faire le tour. Je confonds parfois des zones d'activités entre elles tant elles sont nombreuses. De nouveaux secteurs me sont de surcroît mal connus, aménagés à distance de marche des stations, et je ne puis en parler que par ouï-dire. Les visiteurs ne me tiennent pas rigueur des lacunes de mon commentaire, au contraire le vague dans lequel je laisse certaines réalités les intrigue. Je n'hésite pas, dès lors, à en entretenir le mystère. On m'écoute avec plus d'attention que jamais, tendu vers de magnétiques lointains.

Des rumeurs se mettent à circuler selon lesquelles il existerait des zones d'activités non répertoriées, accessibles à certains initiés seulement. Il n'est pas impossible qu'elles soient fondées, mais cela importe peu. L'expérience que chacun fait du Parc est unique, singulière, aveugle dans une certaine mesure puisqu'on vit toujours, malgré soi, dans l'ignorance de bien des aspects du lieu. On prendra conscience de sa diversité de loin, à bord du Monorail, mais ultimement on n'en connaîtra qu'une fraction, et les zones qu'on aura explorées formeront pour soi une image tronquée d'un monde qui dépasse l'entendement.

Le circuit du Monorail s'allongeant toujours plus, nos périodes de travail s'étirent. Le moment de la relève est sans cesse repoussé. Assujetti à mon wagonnet une partie de la nuit, il m'arrive de m'assoupir entre deux stations, la couverture remontée jusqu'au cou. Je néglige évidemment, dans ces circonstances, ma tâche de guide-animateur, mais on ne me l'a jamais reproché. Les passagers accueillent ces parenthèses sans mot dire. Le

Parc défile de part et d'autre – tantôt féérie de lumières, tantôt profondes ténèbres – sans que j'aie besoin d'en rajouter.

Mon temps de répit étant égal à mon temps de travail, je passe des périodes de plus en plus longues dans le Centre. À l'exception de rares visites à la salle communautaire, où on a constitué une petite bibliothèque et où on diffuse quelquefois des films, je reste allongé sur mon lit. Personne ne cherche plus à me pousser vers les autres. Jamais tout à fait replié sur moi-même cependant, j'écoute les conversations du dortoir, qui m'informent des dernières nouvelles et me renseignent sur les projets de YOLO Aventures.

Parce que le Parc croît de façon exponentielle – chaque nouvelle zone entraînant la création de deux ou trois autres –, ce sont maintenant des jours que je passe alternativement dans le Monorail et dans le Centre. Mon état d'esprit n'est plus le même au départ d'un circuit : emportant un lot de provisions et m'installant dans mon wagonnet avec le souci de m'y assurer un confort plus certain, j'ai l'impression d'un voyage qui commence. Les passagers à destination des confins du Parc sont fébriles comme à l'aube d'une grande aventure. Nous partons pour si longtemps que la sensation du retour est celle d'un dépaysement.

Cette sensation est accentuée par tout ce qui se passe en mon absence. Un jour, descendant du train, j'apprends qu'on a mis en vente une partie du Centre. Plusieurs étages convertis en lofts sont désormais la propriété de personnes privées. On dit que ces individus sont des passionnés du Parc, de fervents amateurs des zones d'activités auxquelles ils s'assurent, en s'établissant ici, un accès libre et permanent. Ils pourront profiter en outre de tous les services autrefois réservés aux visiteurs. Leurs vastes appartements sont situés un peu partout dans la tour, intégrés organiquement à l'ensemble plutôt que concentrés dans un seul secteur.

Les propriétaires commencent à s'installer. Pendant des semaines, de nombreux déménageurs vont et viennent, du stationnement aux étages, chargés de cartons et de meubles. Ce remue-ménage ne va pas sans dérangement. Tout le monde ne voit pas d'un bon œil, dans notre communauté, l'arrivée de ces propriétaires. Moi-même, je m'inquiète à l'idée que cette nouvelle catégorie de résidents modifie le climat du lieu. On sent déjà que l'ambiance est plus tendue, presque hostile depuis leur apparition. Les échanges entre nos deux groupes sont presque inexistants en dehors du cadre formel où nous nous côtoyons dans le Parc.

La greffe ne prend pas. Le mélange des populations paraît impossible. Des rapports de pouvoir insidieux se créent entre nous. L'accès à la cafétéria, par exemple, désormais réservé en priorité aux propriétaires, engendre beaucoup de mécontentement : nous ne mangeons plus qu'à leur suite, une fois qu'ils nous ont cédé la place. Il en va de même pour l'accès à la piscine intérieure, qui a remplacé le dortoir originel au dernier étage. Sous le couvert d'une organisation rationnelle du Centre, les autorités ont instauré une forme de ségrégation dont les employés ordinaires font les frais. (Ces bouleversements ne concernent pas les simples visiteurs, qui demeurent libres d'aller et venir à leur guise en tout temps.)

Avec l'installation des propriétaires, le Parc se transforme pour devenir en partie un lieu de ressourcement. Destinées à assurer l'équilibre psychique des résidents permanents, de nouvelles zones apparaissent qui sont comme l'envers des zones d'activités : on s'y rend pour reprendre des forces et renouer avec soi-même entre deux aventures trépidantes. Le bain de boue sous les étoiles, par exemple, dans un secteur à peine aménagé du Parc, est représentatif de cet esprit récent, qui attire bon nombre de propriétaires. Même s'ils ne jurent que par les activités les plus grisantes, ces derniers sont reconnaissants de la détente qu'on leur offre.

Depuis quelque temps, quand je suis au Centre, mon horloge interne complètement déréglée par le travail, je suis encore éveillé comme en plein jour plusieurs heures après m'être couché. Le silence du dortoir exaspère alors si bien mon insomnie que, perdant tout espoir de m'endormir, je finis par me lever et monte à la piscine. D'ordinaire, elle est déserte à ce moment. Je me dénude, glisse lentement dans l'eau et me mets à nager. Je traverse le bassin en tâchant de ne penser à rien, uniquement concentré sur la fluidité de mes mouvements, tout entier absorbé par l'effort et l'obscurité qui m'entoure, la nuit noire contrastant avec le scintille-ment du Parc à des kilomètres à la ronde. Je nage jusqu'à l'épuisement de mes forces – ou jusqu'à ce qu'un propriétaire apparaisse, auquel cas je dois libérer l'endroit sur-le-champ (on me laisse généralement me sécher en vitesse).

Une nuit, ce sont Folke et Takashi qui me sur-prennent là-haut. Interrompant ma nage, je les salue de la main et les invite à me rejoindre – mais ils ne me répondent pas. Debout à côté du plongeoir, une serviette autour du cou, l'air agacé, impatient, à la manière habi-tuelle des propriétaires, ils attendent vrai-semblablement que je sorte de l'eau. Mal à l'aise, gêné de surcroît par ma nudité, je grimpe à l'échelle et récupère ma serviette. Les deux hommes se rapprochent de moi. La piscine est réservée aux propriétaires, dit Takashi. Sauf entre dix heures moins quart et dix heures et demie, dit Folke. Entre dix heures moins quart et dix heures et demie si personne ne s'y oppose, précise-t-il.

Que faites-vous ici, alors ? leur dis-je. Il est deux heures du matin. Vous n'êtes pas plus propriétaires que moi, que je sache. Au contraire, me corrige Takashi, nous avons acquis un appartement il y a déjà cinq mois. Nous sommes donc dans notre droit de réclamer votre départ immédiat de la piscine, dit Folke. Pardon ? dis-je. Vous avez acquis un appartement ? Comment cela est-il possible ? Mais en l'achetant ! me répond brusquement Takashi. Qu'allez-vous imaginer ? Et de quoi vous mêlez-vous ?

Je voudrais seulement savoir, dis-je calmement après un moment d'hésitation, avec quels moyens vous avez pu acheter un appartement. Je vous croyais dans la même situation que moi : chefs de train, employés de YOLO Aventures… Et alors ? Ne recevez-vous pas un salaire pour votre peine ? demande Folke. Un salaire ? dis-je. Bien sûr que non. Travailler pour le Parc est un privilège, le *Manuel de l'employé* interdit toute forme de réclamation ! Mais il fallait oser, dit Takashi. On vous aurait d'abord refusé ce salaire, puis vous auriez négocié. Vous auriez fait valoir votre candidature, la connaissance que vous avez du Parc. Vous auriez menacé enfin d'aller voir ailleurs, et on aurait accepté de vous consentir une rémunération conséquente de peur de vous perdre. Mais le *Manuel de l'employé,* dis-je. Cessez de nous rebattre les oreilles de ce manuel ! m'interrompt Folke. Il n'existe que pour freiner les timides dans votre genre. Les portes de l'administration ne sont fermées qu'à ceux qui n'osent pas les pousser. D'ailleurs, rien ne vous empêche d'aller demander dès aujourd'hui une révision de votre cas. Vous avez encore de belles années de travail devant vous. Il n'est pas impossible qu'on vous octroie quelque chose.

9

Des mois ont passé depuis le jour où, suivant le conseil de Folke et Takashi, je me suis présenté aux bureaux de l'administration pour demander une révision de mon cas. J'attends toujours de rencontrer un responsable. On me convoquera, dit-on, le temps venu, lorsque mon nom aura atteint le sommet de la liste d'attente. Je dois comprendre aussi que des requêtes plus pressantes que la mienne ont priorité, même si on les a formulées bien après moi. Folke et Takashi me diraient sans doute d'insister, mais je ne m'y résous pas. Il me semble même parfois que je n'aurais pas dû entreprendre une telle démarche.

La tranquillité m'a quitté depuis que j'ai fait cette demande inconsidérée. Je voudrais me libérer de la tension qui m'habite en permanence. Je souhaite qu'on me convoque pour passer à autre chose et en même temps je le redoute, craignant confusément que mon initiative se retourne contre moi. Qui sait si on ne me renverra pas tout simplement ? Ma situation pourrait être pire. Folke et Takashi ont eu tort de me laisser entendre que je pouvais améliorer mes conditions d'existence. J'aurais préféré ne rien savoir. Maintenant, je vis avec la perspective d'un avenir imprévisible et regrette la paix disparue d'autrefois.

Ma nervosité tient aussi à l'arrivée d'un concurrent du Monorail. Les visiteurs ayant désormais la possibilité de se déplacer à bord du nouveau Minibus, dont le principal avantage est qu'il circule librement dans le Parc, sans circuit déterminé ni limite de vitesse, je m'inquiète pour la pérennité de notre mode de transport. L'achalandage a déjà commencé à chuter. Il n'est pas rare que je me trouve seul dans le train sur une distance de plusieurs kilomètres et que je m'arrête à des stations désertes. Si l'engouement pour le Minibus n'est pas que passager, je me dis qu'il entraînera inévitablement le déclin du Monorail.

Le Parc lui-même me paraît menacé par ce véhicule diabolique. Certaines zones d'activités méconnues, dont le circuit fermé du Monorail favorisait la découverte, n'accueillent plus qu'un nombre restreint de visiteurs. Tombées dans l'oubli, laissées à l'abandon, elles iront progressivement à la ruine – c'est du moins mon sentiment. Tout le monde ne s'en inquiète pas cependant, car on croit beaucoup à la réorganisation naturelle du Parc, à sa capacité de métamorphose. La situation serait donc toujours pour le mieux : il suffirait de faire confiance aux forces invisibles et secrètes qui orientent le destin du territoire.

L'attitude des voyageurs a changé. Je vois bien qu'ils ne montent plus dans le Monorail avec le naturel d'autrefois. Entré dans le domaine du pittoresque, en voie de folklorisation, mon petit train attire désormais une clientèle marginale de curieux et de contemplatifs. Quelques-uns sont intéressés par mon commentaire de guide-animateur, mais en général l'histoire de la construction du Parc ne suscite qu'indifférence. On se laisse emporter à très basse vitesse sur le circuit zigzagant sans chercher à aller nulle part, pour le simple plaisir de se laisser emporter. Et le Monorail est ainsi devenu à sa manière une zone d'activités.

Il m'arrive de penser, eu égard à ces bouleversements, que nous aurions avantage, nous, les chefs de train, à nous regrouper en corporation. N'est-il pas impératif, me dis-je dans un sursaut de conscience, de défendre nos intérêts et la mémoire du Monorail ? Que se passera-t-il si nous n'agissons pas ? Mais mon élan retombe aussitôt. La solidarité est impossible. Je connais mes collègues et leur apathie – comme je connais la mienne. Non, je n'ai pas la force de mener quelque lutte que ce soit. L'époque est contre nous. YOLO Aventures n'entendrait pas plus une requête collective qu'elle n'a entendu jusqu'ici ma requête personnelle.

Une affreuse lassitude s'installe. Mes voyages durent des semaines. Le circuit du Monorail continue de s'allonger en dépit de son extrême impopularité – ou peut-être précisément pour cette raison, par négligence, parce que l'administration l'a oublié. Dans les secteurs les plus lointains, les plus tristes, sous la pluie battante, fatigué et affamé, passant des jours sans voir personne, je me rends compte que la compagnie des passagers me manque. Au fond, me dis-je alors, ne suis-je pas un être profondément grégaire ? Ne suis-je pas exactement à ma place au Centre, avec les autres ? Ce monde n'est-il pas le mien ?

Non. Non, ce monde n'est pas le mien. Les semaines qui suivent mon retour au Centre me plongent dans un plus grand désarroi encore que celles que je passe dans le Monorail. Je crois réintégrer un lieu familier et le découvre toujours changé, bouleversé, objet de mystérieuses rénovations. Les propriétaires paraissent en mener large, imposant des transformations qui obligent à mille déménagements (le dortoir bouge sans cesse, de la base au sommet). N'ayant été informé de rien, je m'égare dans les étages, me heurte à des portes closes. Je cherche mes repères et, lorsque je les trouve enfin, il est déjà temps de repartir sur le circuit.

Mon sentiment de perpétuel décalage, de retard par rapport à la vie du Centre se confirme d'autant plus que la population augmente à un rythme hallucinant. J'ai l'impression de ne plus connaître personne. Les gens sont partout en quantité effroyable. Avec son enthousiasme habituel, le directeur a même annoncé l'arrivée de nouveaux résidents : une autre portion du Centre ayant été vendue pour être convertie en maison de retraite, des milliers de vieillards nous rejoindront bientôt. Plusieurs travaux d'aménagement sont en cours afin de les accueillir, dont l'installation de rampes pour les fauteuils électriques.

Les vieillards sont là ! Une petite fête de bienvenue est organisée à la cafétéria. Le directeur prend la parole pour les inviter à se mêler à la vie du Centre. On ne doit pas rester seul dans son coin, dit-il. Promenez-vous. Échangez avec les autres. Demandez qu'on vous fasse visiter les lieux. Puis sortez. Allez dans le Parc pour découvrir des zones d'activités adaptées à vos besoins : il y en a pour tous les goûts et pour toutes les conditions physiques. L'équipe de YOLO Aventures se fera un plaisir de vous orienter (un service d'accompagnement individuel ou collectif est offert en outre pour un léger supplément à votre loyer mensuel – n'hésitez pas).

En dépit de ces exhortations, les vieillards ne sortent pas de leurs chambres. On ne les croise guère qu'à l'heure des repas, qu'ils prennent juste avant les propriétaires. La plupart n'ont pas choisi d'être ici et ne montrent aucun intérêt pour les activités qu'on leur propose. On a beau les encourager à faire preuve d'ouverture d'esprit, ils refusent de participer. Le Parc ne les intéresse pas, et même les zones de ressourcement ne leur disent rien. Préoccupées par la résistance imprévue de cette nouvelle population, les autorités du Centre, dit-on, réfléchissent à un programme de parrainage qui inciterait à l'action.

L'agitation au Centre est telle que je prends l'habitude de me réfugier aux étages de la maison de retraite pour trouver un peu de paix. Je n'ai plus trop le moral. Tout m'insupporte. La compagnie des collègues, des visiteurs et des propriétaires m'est devenue absolument odieuse. L'ennui même du Monorail me paraît préférable aux interminables congés que je dois passer dans le Centre (il est bien sûr hors de question que je consacre mon temps libre, comme cela est permis et même tout à fait commun chez les employés, à la fréquentation des zones d'activités). J'attends de retourner travailler.

L'atmosphère de la maison de retraite me calme. Je longe lentement le couloir circulaire en jetant un œil dans les chambres obscures, dont les stores sont baissés sur le Parc. Tout est silencieux. Personne ne fait rien. Un préposé distribue la collation de l'après-midi, un autre les médicaments. Je m'arrête un instant dans le salon désert. Je réfléchis à ma profonde fatigue, à cette étrange fatigue qui ne me quitte plus.

À demi allongé sur le canapé, je ferme les yeux et essaie de faire le vide. Je finis par m'assoupir, réchauffé par le soleil qui pénètre dans la pièce et comme hypnotisé par le ronronnement du climatiseur. Le lieu intermédiaire où je glisse alors, entre la veille et le sommeil, me subjugue si bien qu'il me semble le seul lieu vrai : étroit passage entre les deux mondes où leurs influences luttent, s'interpénètrent, se recomposent sans fin en une réalité tierce et supérieure. Je ne rêve pas tout à fait ni ne pense clairement – mais l'engourdissement auquel je m'abandonne est si fécond qu'il engendre un fantastique cosmos.

Puis je repars sur le circuit à la manière d'un somnambule. Blotti sous ma couverture, j'accomplis ma tâche comme en ma propre absence. De rares visiteurs continuent de monter de temps en temps, dont je remarque à peine la présence et qui remarquent à peine la mienne. Seuls les nouveaux détours me raniment un peu, les nouveaux secteurs en cours d'aménagement, les nouvelles zones d'activités. Le Monorail se rend jusqu'au bout du monde, au bord de l'océan.

Descendu sur le quai, je vais me pencher à la balustrade donnant sur l'infini. Des dizaines de motomarines bondissent partout sur le bleu scintillant, croisant le sillage de canoës, de planches à voile, de catamarans et de horsbord tractant des skieurs, tandis que sur la plage se tiennent des parties de volleyball et un concours de châteaux de sable. Je cherche au-delà, je me projette dans l'horizon illimité où mer et ciel se confondent, ébloui par le soleil, pénétré par l'air du large, abîmé dans un songe de grand départ.

Un jour, retour de voyage, électrochoc : une lettre de convocation m'attend sur l'oreiller. Je la lis en retard : on me donnait rendez-vous pour l'avant-veille. Mais comment l'administration a-t-elle pu ignorer que je travaillais ce jour-là ? Sans attendre, je me présente à ses bureaux. Je montre la lettre en expliquant que je viens tout juste d'en prendre connaissance. Cela ne paraît pas beaucoup émouvoir. On m'invite néanmoins à patienter. Des heures passent, puis un homme surgit qui m'invite à le suivre. Il a l'air complètement vanné. Traits tirés, poches sous les yeux, regard vide. Je reconnais celui qui m'a nommé autrefois à mon poste.

Aussitôt que je suis assis, avant même que l'homme m'ait demandé ce que je désire, je me mets à débiter le petit discours que je prépare depuis si longtemps. Évitant d'aborder de front le sujet de ma rémunération éventuelle, je commence par souligner la qualité de mon travail et mon implication sans réserve dans la bonne marche du Monorail. Mais l'homme m'interrompt. Tout ça ne sert à rien, dit-il. J'ignore comment vous avez appris que nous n'avions plus besoin de vous, mais il est inutile d'insister : l'automatisation du Monorail sera accomplie, quoi que vous fassiez. Les temps ont changé. Le Parc n'est plus le même. Grâce aux moyens techniques dont nous disposons, votre rôle est devenu superflu. De toute façon, sachez-le, contrairement à vous, nous n'étions pas tellement satisfaits de vos services.

Au revoir, et bonne chance.

10

À la recherche de Folke et Takashi, je cogne à tous les appartements. Les étages des propriétaires sont surveillés en permanence par des agents armés, mais ma personne ne doit pas beaucoup inquiéter puisqu'on me laisse tranquille. Il n'existe pas de répertoire public des résidents permanents, ce qui complique ma tâche, mais je finirai bien, me dis-je, par tomber sur les deux hommes. Cependant, je ne rencontre âme qui vive. Mon pas résonne sur le marbre des couloirs circulaires et déserts, et, là où on m'ouvre, on me dit ne pas connaître ceux que je cherche. Je ne les trouve pas non plus à la cafétéria – ni à la piscine.

Interrompant ma recherche pour la nuit, je rentre au dortoir et découvre que quelqu'un est couché dans mon lit. Il est déjà tard. L'obscurité et le silence sont complets. Je dois m'y reprendre à deux fois pour réveiller l'intrus. Lorsqu'il ouvre enfin les yeux, c'est lui qui, hébété, me demande ce que je fais là. Vous êtes dans mon lit, dis-je. Pardon ? dit-il. Vous êtes dans mon lit, répété-je. L'homme se redresse. On m'a assigné ce lit hier soir, dit-il. L'ancien résident est parti. On a ramassé ses affaires. Laissez-moi dormir, maintenant, conclut-il en retournant sous les draps.

Ne trouvant pas la force d'insister, je quitte le dortoir. J'erre dans le Centre avant de me retirer chez les vieillards. La pensée que j'ai perdu mon lit me choque et me blesse. Je ne crois plus aux malentendus : on me veut du mal. À demi allongé sur le canapé du salon, j'essaie en vain de m'endormir, en proie à des idées de destruction. Le Centre, me dis-je, doit disparaître. Le Parc doit brûler. Ressassant les vexations sans nombre que j'ai dû essuyer, je rêve de tout faire sauter, de semer la ruine, de retourner au chaos. Et mon cœur bat si fort, tandis que je pense à YOLO Aventures, qu'il menace d'exploser.

Je m'assoupis un peu avant l'aube, complètement épuisé.

Au réveil, je ne suis plus que vide. Il me faut une bonne heure pour me décider à refaire une tournée des appartements. Et c'est là, vers midi, que j'ai la surprise de voir Folke et Takashi m'ouvrir leur porte. Je commençais à désespérer et je reste figé un instant. Mais les deux hommes paraissent heureux de me voir, et, invité à entrer, je fais un pas dans le loft. L'endroit est immense et lumineux, envahi partout par une végétation luxuriante qui me donne l'impression de pénétrer dans une jungle. Comment allez-vous ? dit Folke. Vous avez l'air déprimé, dit Takashi. On n'a plus besoin de nous, leur dis-je tout de go.

Folke et Takashi, bien sûr – j'aurais dû m'en douter –, n'ignorent rien du projet d'automatisation du Monorail. Au courant depuis longtemps, ils ont pris des dispositions en conséquence et s'étonnent que je n'aie pas fait de même. Vous avez donc accepté votre congédiement sans rien dire ? demande Folke. Vous n'avez pas exigé qu'on vous trouve une autre place ? renchérit Takashi. Les deux hommes semblent embarrassés par mon absence de réaction. J'ai l'impression qu'ils se demandent si je ne suis pas un peu idiot. Est-ce que je n'apprends pas de mes erreurs ? Eux ont été réaffectés au Minibus avec une généreuse augmentation de salaire. Il suffit de s'imposer. Il faut s'exprimer.

Debout entre les plantes géantes, je cherche une réponse qui ne vient pas. Folke et Takashi ont raison. Comment se fait-il que je continue de n'opposer aucune résistance au monde qui me malmène, qui me foule aux pieds ? Suis-je donc une quantité si négligeable que je doive toujours baisser la tête ? Mon désarroi est tel que pour un peu je me mettrais à pleurer. Allez, me dit Takashi en me reconduisant à la porte, nous ne pouvons plus rien pour vous. Il est trop tard. Nous avons sans doute eu tort de vous encourager à foncer, ajoute Folke. Je vous en prie, ne revenez plus, conclut Takashi en me poussant doucement dans le couloir.

La porte refermée derrière moi, je reste cloué sur place. Je n'ai nulle part où aller. Ai-je le courage d'insister auprès de Folke et Takashi pour qu'ils m'aident ? Je me retourne et cogne à leur appartement. Pas de réponse. Je cogne de nouveau : toujours rien. Je cogne encore – et voilà que, sans prendre la peine de m'ouvrir, on me crie de ficher le camp. Cette injonction me saisit si bien que je n'ose plus faire un geste. Je recule et m'assieds contre le mur. Folke et Takashi m'ont donc abandonné. Je renonce à les importuner mais demeure assis devant leur porte. Je ne bougerai plus d'ici.

Quelques heures ayant passé, deux agents armés débouchent soudain d'un côté et de l'autre du couloir. Ils me demandent de me lever et de les suivre. Je leur réponds que je n'en ai nullement l'intention. Alors, sans mot dire, ils m'empoignent, me soulèvent et me traînent jusqu'au palier. J'ai beau résister, les deux types, costauds comme ils sont, n'ont aucun mal à me maîtriser. Nous empruntons l'escalier. Nous descendons. Des résidents nous considèrent avec étonnement tandis que je me laisse entraîner, résigné et humilié. On ne me lâche pas. Les étages se succèdent sans que nous nous arrêtions une fois.

Au niveau du stationnement, un des deux hommes décadenasse une grille au-delà de laquelle l'escalier se poursuit, puis nous continuons : nous pénétrons dans le secteur interdit du sous-sol. L'éclairage faiblit sensiblement. Je demande aux agents de me dire enfin où ils m'emmènent, mais ils ne me répondent pas. Nous descendons encore, profondément, jusqu'à ce que l'escalier s'interrompe pour de bon, devant une porte. Elle donne sur un long corridor que nous empruntons aussitôt. Sans ouverture aucune de part et d'autre, fait de montées et de descentes ainsi que de coudes brusques, il mène à un carrefour d'où partent des voies identiques menant elles-mêmes à d'autres carrefours confondants.

Nous marchons pendant ce qui me semble des heures. Les agents m'ont lâché mais me surveillent de près. Ils s'orientent avec assurance dans le labyrinthe, sans la moindre hésitation aux carrefours, comme si le plan en était imprimé en eux. J'ai l'impression que nous nous enfonçons plus que nous remontons, mais je ne peux en être sûr. L'image d'un gigantesque terrier sous le Centre s'impose à mon esprit, sauf que ce n'est pas le mien et qu'il s'agit donc d'un piège. Le souvenir de m'y être extraordinairement égaré me retient de tenter de fuir. Encadré par les agents, j'avance avec le sentiment que je ne ressortirai plus.

Arrive un moment où nous commençons à croiser des gens : ce sont tantôt des gardes comme ceux qui m'escortent, tantôt des personnages en blouse blanche qu'on dirait membres d'un personnel médical. Tout ce beau monde se salue avec naturel et gaieté en se rencontrant (à moi, on jette à peine un coup d'œil). Des portes apparaissent peu à peu d'un côté et de l'autre. Certaines sont fermées, d'autres non. J'entrevois essentiellement des pièces vides, mais quelquefois une tête surgit dans l'entrebâillement, tête sinistre qui me regarde passer avec curiosité. Il ne m'est pas possible de deviner ce qui se trame à l'intérieur.

Puis les agents s'arrêtent. Voici votre cellule, dit l'un en poussant une porte. Nous vous recommandons de ne pas la quitter : comme vous l'imaginez, vous ne tarderiez pas à vous égarer sans retour dans le dédale des Archives. Au revoir. Soyez sage.

Les deux hommes aussitôt repartis en sens inverse, je les regarde s'éloigner, médusé, jusqu'à ce qu'ils s'évanouissent au premier tournant. Je suis libre. Ne devrais-je pas chercher à les suivre ? Une multitude de têtes sont sorties dans le couloir et m'observent. Je fais un pas dans ladite cellule assignée par les agents. Je découvre une pièce de dimensions moyennes aux murs peints en blanc, éclairée par des tubes luminescents. Aucun meuble mais des dizaines et des dizaines de reliures à anneaux jetées pêle-mêle sur le sol. L'endroit est si encombré que j'ai peine à m'y frayer un chemin. Je me penche et ouvre quelques-unes des reliures pour savoir ce qu'elles contiennent : ce sont des feuilles vierges par milliers.

Je ressors de la pièce. Les têtes se sont presque toutes retirées. Je m'avance en hésitant vers la cellule voisine, dont la porte est ouverte à demi. Il y a là un homme assis parmi des reliures à anneaux comme les miennes, à la différence près que les feuilles sont couvertes d'une belle écriture régulière. L'homme, absorbé dans la lecture de ses pages, ne me remarque pas. Je voudrais lui demander ce que nous faisons ici, mais je n'ose pas le déranger. En reculant, cependant, j'attire malgré moi son attention. Il lève la tête. Vous êtes nouveau ? dit-il. Oui, dis-je. Vous devez attendre dans votre cellule, dit-il en retournant à ses papiers.

Rebroussant chemin vers ma cellule, je m'arrête soudain. Le couloir est désert, toutes les têtes ont disparu. Je reviens sur mes pas. Mon voisin n'a pas bougé d'un iota.

Excusez-moi, lui dis-je. Qu'attendons-nous ?

*　　*　　*

Assis au milieu de mes reliures, j'attends ma convocation au Déchiqueteur. La nuit, c'est-à-dire lorsqu'on éteint dans les cellules, le grondement de l'effroyable machine monte des profondeurs, m'imposant l'image de sa mâchoire qui mord et qui broie. Des cris et des sanglots s'élèvent alors du couloir : les malades, les épaves, les vieux débris qui composent notre population ne supportent pas plus que moi cet écho terrifiant, et nous ne sommes plus que l'expression d'un affreux tourment. Un homme est appelé chaque soir pour partir vers les tunnels qui descendent au plus creux du sous-sol, poussant un chariot chargé de toutes ses reliures. Nous ne le reverrons plus. Pour tuer le temps, la plupart des enfermés ici-bas lisent et relisent leurs papiers. Quant à moi, je repense au Parc et à la vie au Centre qui se poursuit au-dessus de nous, me demandant quelles nouvelles transformations s'y accomplissent. Et dans mes rêveries, parfois, confondant le bruit du Déchiqueteur avec celui de quelque engin œuvrant à des travaux de rénovation, je me mets à croire que ce qui m'attend n'est pas la conclusion mais le vrai commencement – enfin.

CRÉDITS ET REMERCIEMENTS

Les Éditions du Boréal remercient le Conseil des arts du Canada
pour son soutien financier ainsi que le Fonds du livre
du Canada (FLC).
Canadä

Les Éditions du Boréal sont inscrites au Programme d'aide
aux entreprises du livre et de l'édition spécialisée de la SODEC
et bénéficient du Programme de crédit d'impôt pour l'édition
de livres du gouvernement du Québec.
Québec ██

L'auteur remercie le Conseil des arts du Canada
pour son soutien à l'écriture de ce livre.

Couverture : Julie Larocque

EXTRAIT DU CATALOGUE

Ce livre a été imprimé sur du papier 30 % de fibres recyclées
postconsommation et 70 % de fibres certifiées FSC,
certifié ÉcoLogo et fabriqué dans une usine fonctionnant au biogaz.

MISE EN PAGES ET TYPOGRAPHIE :
LES ÉDITIONS DU BORÉAL

ACHEVÉ D'IMPRIMER EN AOÛT 2016
SUR LES PRESSES DE L'IMPRIMERIE GAUVIN
À GATINEAU (QUÉBEC).